楢山节考

楢山節考 / 東北の神武たち

The Ballad Of Narayama

[日] 深泽七郎 —— 著

Narayama bushikō

徐建雄 —— 译

北京联合出版公司
Beijing United Publishing Co.,Ltd.

图书在版编目（CIP）数据

楢山节考 / (日) 深泽七郎著 ; 徐建雄译 . -- 北京 : 北京联合出版公司 , 2022.1
ISBN 978-7-5596-5713-8

Ⅰ . ①楢… Ⅱ . ①深… ②徐… Ⅲ . ①短篇小说—小说集—日本—现代 Ⅳ . ① I313.45

中国版本图书馆 CIP 数据核字 (2021) 第 225175 号

楢山节考
作　　者：[日] 深泽七郎
译　　者：徐建雄
出 品 人：赵红仕
责任编辑：龚　将
产品经理：夜　莺

北京联合出版公司出版
（北京市西城区德外大街 83 号楼 9 层　100088）
三河市冀华印务有限公司印刷　新华书店经销
字数 161 千字　880 毫米 ×1230 毫米　1/32　印张 7.25
2022 年 1 月第 1 版　2022 年 1 月第 1 次印刷
ISBN　978-7-5596-5713-8
定价：48.00 元

目 录

Contents

楢山节考

2

山连着山，一眼望不到尽头。在这信州[1]的群山之中有个村子，叫作“对面的村子”。阿玲的家就在该村的尽头。她家门前有一个大榉树砍伐后留下的树桩子，切口十分平整，跟一块板儿似的，孩子们以及过路人都喜欢在那上面坐一坐、歇歇脚，备受珍爱。于是，村里人干脆就把阿玲家叫成了“树墩儿家”。阿玲嫁到这里来，已经是五十年前的事儿了。这儿的村民把阿玲的娘家也叫作“对面的村子”。其实，这两个村子都没有正式的名称，所以就都把对方叫作“对面的村子”。然而，说是“对面的村子”，其实中间还隔着一座山呢。阿玲今年六十九岁，老伴儿二十年前就死掉了。她有个独生子名叫辰平。辰平的老婆也在去年捡栗子的时候，跌入山谷死掉了。留下的四个孙儿、孙女全靠阿玲照料。可比起照料孙儿来，阿玲觉得给已成了鳏夫的辰平找个续弦更伤脑筋。因为，本村也好，“对面的村子”也好，都没有合适的寡妇。

---

1 译注：日本旧地名，信浓国的简称。相当于现在的长野县全境。

3

这天，阿玲终于听到两种她盼望已久的声音。其一是去后山的行人所唱的祭歌：

楢山祭哟来三次了
栗子树哟也开花了

正想着“该有人唱了吧”的当儿，阿玲就听到了这首村里人跳盂兰盆舞[1]时唱的歌。“今年怎么还没人唱呢?”——其实阿玲早就惦记着了。这歌也没什么特别的意思，无非说过上三年人就添了三岁。可与此同时，由于村子里有老人活到七十岁就要“上楢山”的习俗，所以这歌也在提醒老人：年纪不饶人啊。

阿玲把耳朵侧向歌声传来的方向，偷偷地瞟了一眼身旁辰平的脸，见他抿着嘴，正听着那歌声出神呢。同时她也看到他眼珠子瞪得大大的，泪光闪烁，心想，他到底还是为这事儿上心的——因为到时候辰平是要陪着阿玲“上楢山”的。

“这小子，是有良心的!”

阿玲不由得感到心头一热。

阿玲期盼着的另一个声音，是由飞脚[2]从她娘家捎来的一个口信。说是“对面的村子”出了一个寡妇。那人与辰平同年，四十五岁，三

1 译注：在祭祀祖先的盂兰盆节上跳的舞蹈。

2 译注：日本旧时传递信件、小件货物的快递人员。因跑得比较快，故称。我国古代称“急足”。

天前刚刚办完亡夫的丧事。只要年龄合适，这事儿就等于确定了。因此，飞脚来的时候仅仅是来通知出了个寡妇的，而回去的时候就连过门的日子都定好了。当时，辰平进山去了，不在家。不过这事儿与其说是阿玲的擅自决定，倒不如说，听到飞脚捎来的这个口信时，就已经万事大吉了。等辰平回家后，告诉他一声就行了。

在这儿，婚事极为简单，谁家都一样。男女双方要是自己好上的，他们说定了就行了。没有什么正儿八经的婚礼，只是当事人住到对方家里去而已。即便有媒人从中作伐，只要年岁相当，事情也就成了。当事人到对方家里去玩玩，住下不走了，不知不觉间就成他家的人了。到了盂兰盆节、过年的时候，也没什么地方可去游玩的，只是不干活儿罢了。只有在过楢山祭的时候才会做点好吃的，平日里则得过且过，万事从简。

阿玲眺望着飞脚回去的方向，心中暗忖道：这飞脚说是娘家派来送信的，却怕是那寡妇的亲戚吧。男人才死了三天，就马上跑来说定改嫁的事情，估计他们也很担心寡妇的归宿吧。同时她又想到，从自己一方来说，也是希望那寡妇快点进门的。因为到明年自己就满七十岁了，该“上楢山”了。就在这个当儿，有人来说年岁相当的亲事，可谓正中下怀。所以她一想到再过几天，那寡妇就会在他父亲或别的什么人的陪同下上门来，就松了一口气，像是卸下了肩头的一副重担。其实，别说是娶个儿媳妇了，只是想象一下家里来个女人，她就已经觉得是解决了一个老大难问题。孙儿辈中前三个都是小子，打头的是袈裟吉，十六岁了，最小的是个女娃，才三岁。儿子辰平由于老也找不到续弦，近来已死了这条心了，浑浑噩噩的，阿玲也好，村里人也罢，都觉得他无论做什么都无精打采的。不过这下可好了，他总算又能振作起来了。想到这里，阿玲觉得连自己都充满了朝气。

傍晚时分，辰平从山里回来刚刚在树墩儿上坐定身躯，阿玲就在屋里朝着他的后背大叫道：

“喂，你媳妇要从‘对面的村子’过来了！前天才守的寡，说是一过‘七七’就来啊。”

讲起儿子的亲事已定，阿玲就跟替自己表功似的，得意扬扬。

辰平回过头来说道：

“是吗？从‘对面的村子’过来吗？多大岁数呀？”

阿玲飞快地来到辰平的身边，说道：

“说是叫作‘阿玉’，四十五，跟你同岁哦。”

辰平笑道：

“无所谓，事到如今，我早就没色心了。啊哈哈。”

辰平似乎有些害臊，跟阿玲搭着腔，倒也有些兴奋。根据老人特有的敏感，阿玲觉得辰平除了又得个老婆，仿佛还纠结着别的什么心事，可她眼下正在兴头上，顾不上这个。

楢山上是住着神灵的。进过楢山的人全都见过神灵，所以对于这一点是没人怀疑的。事实上也正因为有神灵存在，所以比起别的节日来，大家对于祭祀才特别卖力。甚至到了一说起祭祀，就专指楢山祭的程度。楢山祭跟盂兰盆节是连在一起的，跳盂兰盆舞时唱的歌跟楢山祭时唱的歌也是一样的。

盂兰盆节在阴历的七月十三至十六，楢山祭则在其前一夜，七月十二，是个夜祭。到了那天夜里，人们要吃初秋的山货，野栗子、野葡萄、米楮和榧子树的果实、蘑菇什么的。除此之外，还要吃更为宝贵的白米饭，喝米酒。白米在这儿被称作“白萩花”[1]，在穷村子里，即便种上了，产量也很低。由于这儿是山区，平地很少，所以平时是以收成好的小米、稗子、玉米为主食的，白米饭只有在过楢山祭或生重病时才吃得上。

跳盂兰盆舞时唱的歌中也有这样的歌词：

我家老爸不像话
病了三天就吃白米饭

这是个劝人节俭、反对奢侈的歌。说是自己的父亲才生了一点小病就要吃白米饭，嘲讽他是个败家子、大浑蛋。这首歌就跟格言似的，可以在各种场合运用。譬如在嘲讽儿子好吃懒做时，父母或兄弟就会这么唱：

我家小哥不像话
病了三天就吃白米饭

相当于警告儿子说：你游手好闲，不知劳苦，居然还好意思吃白米饭?另外，儿女在不听父母的吩咐，跟父母提意见的时候，也能唱

1 译注：白色的胡枝子花，因为也是白色的，所以被类比成大米。

这首歌。

楢山祭的歌，其实只有“栗子开花”那么一首，但村里人用此唱腔，编出了各种各样好玩儿的歌来。

阿玲家位于村子的边上，自然就成了人们进山时的必经之路。眼下离楢山祭只有一个月了，而这种歌经人一唱开了头，就接连不断地有人唱，也纷纷传入了阿玲的耳朵。

盐铺的阿酉运气好啊
上山那天哟下了雪

歌里所唱的“上山”二字，在这个村子里是有着两种完全不同的含义的。尽管发音和声调一模一样，但谁听了都能分辨出到底是哪种意思。一种是为了砍柴、烧炭等目的而上山干活的意思；另一种是“上楢山”的意思。传说“上楢山”那天如果下雪的话，这人的运气就很好。其实，现在的盐铺里并没有一个叫作“阿酉”的人，但在多少代之前，是有这么个人的。那人上山的时候正赶上下雪，所以他就成了运气好之人的代表，被编入了歌词且流传至今。就这个村子而言，下雪并不是什么稀罕事儿。到了冬天，村子里也时常下雪，山顶上也一片雪白，不过这个叫“阿酉”的人，是到了楢山的时候老天爷才开始下雪的。要是在雪中行走，那就是不走运了。所以，阿酉遇到的那种情况是最为理想的。不仅如此，这首歌其实还包含着另一层含义，那就是提供了一个暗示：要“上楢山”的话，不要夏天进，尽可能地要在冬天进。因此，“上楢山”的人要选择将要下雪的当儿上山。

如果已经下了雪并积得很厚了，也就进不了山了。神灵所居住的楢山离得很远，要爬过七个山谷，绕过三个池塘才能到达。所以，行走在没有积雪的山道上，到了那儿仍不下雪的话，就没什么幸运可言了。所以说这首歌其实还指定了一个极为严苛的上山时间：要在下雪前上山！

阿玲早就做好了“上楢山”的心理准备。动身前请客人喝的米酒是必须早早预备下的，上山后自己要坐的草席也在三年前就编好了。给成了鳏夫的辰平找续弦，也是必不可少的准备工作之一。现在，请客用的米酒、草席、儿子的续弦全都料理停当了，但还有一件事，也必须事先办好才行。

瞅准了一个谁都不在的当儿，阿玲捏起一块打火石，张开嘴，用打火石“咔咔咔”地敲打起自己的门牙来。她要敲掉自己那口结实的牙齿。“咔咔咔”——敲击声直冲脑门，口中疼痛难耐。她心想，只要忍着疼不停地敲，总会将牙齿敲下来的。由于她非常希望自己掉牙齿，甚至连现在敲打牙齿时的疼痛都觉得十分爽快。

阿玲在上了年纪之后，牙齿依旧好好的。她在年轻的时候就为自己有一口好牙而自豪。那会儿，她甚至能“嘎嘣嘎嘣”地将晒干了的玉米粒嚼碎了吃下肚去。上年纪后，牙也一颗都没掉。这让阿玲感到害臊。儿子辰平已经掉了好几颗了，她却依旧满口牙整整齐齐的，让人觉得她一点也不肯少吃，什么都能吃。在这么个食物匮乏的村子里，这可是件令人害臊的事啊。

村里有人跟她说：

“就你这口牙，没什么不能嚼的了，松塔也好，放屁豆也罢，全能一扫而光的吧。”

这可不是什么玩笑话，而是赤裸裸的嘲讽。所谓“放屁豆”，其实就是蚕豆，硬得跟石子似的，吃了就会放屁。所以吃了它而放屁的时候，就会说“吃放屁豆了嘛”。由于它又硬又难吃，通常又叫作“硬豆”。阿玲从未在人前放过屁，却被人说吃放屁豆什么的，确实是一种嘲讽。这一点她自己也很清楚。因为已经有好几个人这么说她了。她觉得自己老了，并且已经到了要“上楢山”的年纪，可牙齿还这么结实，也难怪人家要说三道四了。

就连孙子袈裟吉也来嘲笑她，说：

“婆婆的鬼牙有三十三根。”

居然连孙儿辈都这么肆无忌惮地嘲笑她了。可是，阿玲用手指摸着数了一遍，上下加起来是二十八颗。

“胡说八道!明明只有二十八颗!”她反驳道。

“哈哈，你只会数到二十八吧?其实还有呢。”袈裟吉故意气她道。

其实袈裟吉就是想说“三十三根”罢了。

去年跳盂兰盆舞唱歌时，他唱道：

“我家婆婆的隐私处，长着鬼牙三十三根……”

结果把大家笑得满地打滚。其实这首歌是袈裟吉从村里一首最下流的歌改过来的。原本唱的是“我娘的隐私处 / 长着三十三根毛”，是一首侮辱自己母亲的歌。袈裟吉将“毛”替换成了“鬼牙”，结果大受欢迎，所以他觉得不说成“三十三根”就不够味儿了。并且，他还到处去跟人说阿玲有“三十三根”牙齿。

阿玲嫁到这个村子来的时候，曾被称为村中第一美女，老伴儿死了之后，她也没像别的寡妇那样惹出什么风言风语，甚至从未被人在背后指指点点、说三道四过。没想到的是，居然因为牙齿的事情而丢人现眼了。因此她觉得在“上楢山”之前，怎么着也要让自己掉几颗牙齿。她希望自己坐在辰平的背架上“上楢山”时，是一个掉了牙齿的、体面的老太婆。就因为这，她才背着人，偷偷地用打火石敲掉自己的牙齿。

阿玲家的隔壁，是一户被叫作“钱屋”的人家。其实钱在这个村子里是无用武之地的，所以无论谁家都没有钱，但钱屋家有人去了越后[1]，回来时带着一枚天保钱[2]，从此，人们就称他家为“钱屋”了。钱屋家有个老父亲，叫作阿又，今年也七十岁了。由于他住在阿玲的隔壁，又是同岁，所以很长时间以来一直是阿玲的话伴儿。阿玲是几年前就开始为“上楢山”上心了，可钱屋家是全村最小气的人家，像是连上山前的请客都想赖掉似的，一点也没做“上楢山”的准备。原本听说阿又会在今年春天之前上山，可到了夏天也不见动静，于是人们又在背后议论说，看来他会在今年冬天不辞而别，悄悄地上山。不过阿玲早就看出他是要遭报应的家伙，觉得他根本就不想上山，也一直觉得他是个“混账东西”。

阿玲自己是打算在满七十岁那年的正月里就“上楢山”的。

钱屋再过去一家，是一户被叫作“烧松”的人家。他家后面有一

---

1 译注：日本的旧国名之一，相当于现在除佐渡岛以外的新潟县全境。

2 译注：天保通宝的俗称。由江户幕府铸造于天保六年（1835），故称。椭圆形，中间开有方孔，币值百文，于明治二十四年（1891）停止流通。

棵枯死了的松树。那粗大的树干，模样就跟岩石似的。那是因为很久以前，松树被雷劈了。他家这个“烧松”的名号也由此而来。

烧松再过去一家，是一户被叫作“雨屋”的人家。在村子的巽[1]位处，有一座巽山。据说这家里的人一上巽山必定下雨。说是因为从前这家里有人在巽山上看到了一条两头蛇，并将其杀死了，所以他家人一上巽山就肯定会下雨。他家这个“雨屋”的名号，就是这么来的。

雨屋再过去一家，就是因山歌传唱而出了名的“榧树”家。这个村子，总共有二十二户人家，而村中最大的树，就是他们家的那棵榧树。

榧树家的阿银是个臭婆娘
有了儿子孙子，还有老鼠崽

阿玲嫁到这儿的时候，那个叫作“阿银”的老太婆还活着。她可是个坏女人，所以其恶名留在了山歌里。所谓的“老鼠崽”，是指孙子的儿子，也即曾孙。在这个食物奇缺的村子里，她家跟老鼠似的生一大堆孩子，甚至接连三代都早熟、多产，连曾孙都抱上了，这是要被人嘲笑的。阿银正是因为生下了儿子，抚育了孙子，还抱上了曾孙，所以才被人羞辱，让人觉得她是个净生些好色子孙的坏女人。

1 译注：东南方。

至于“臭婆娘”的说法，是指不检点的女人，或者干脆就是淫妇的意思。

一到七月，就谁都有些心神不定了。虽说祭祀只有一天，可因为一年里也只有这么一次，所以只要一进入七月，整个氛围就跟过节没什么两样了。

如此这般，很快就到了祭祀的前一天。

辰平忙这忙那的，一刻也不停。由于大家都兴奋异常，袈裟吉又不知到哪儿野去了，一点也帮不上忙，所以就他一个人忙了个团团转。

辰平走过雨屋跟前时，听到那家的男人正在里面唱那首“鬼牙歌”。

树墩儿家阿玲的隐私处
长着鬼牙三十三根

辰平心中骂道：“好你个浑蛋！”

他还是第一次听到这首歌。这首歌虽说是袈裟吉在去年开始唱开的，可去年阿玲和辰平都没听到。今年倒好，居然指名道姓地唱起“树墩儿家阿玲”来了。

辰平猛地闯入雨屋家中，见他家男人在土间[1]里，就也一屁股坐

1 译注：屋内没铺地板的地方。

到了土间的泥地上。

“喂！你上俺家去一趟。数数俺家奶奶到底有几颗牙！”

辰平平日里沉默寡言的，现在噘着嘴往那儿一坐，显得十分凶狠。见此情形，雨屋家的男人立刻就慌了手脚。

“啊呀呀，我可没那个意思啊。是你家袈裟吉先这么唱的，我不过是学样儿罢了。你这么凶巴巴的，我可受不了啊。”

到这时，辰平才知道这歌是袈裟吉率先唱开的。说来也是，袈裟吉那小子确实老嘀咕着“婆婆有三十三根牙”什么的，这下子总算明白了。这也难怪，因为袈裟吉从不在阿玲或辰平跟前唱这首歌。

辰平一声不吭地冲出了雨屋。

“袈裟吉这小子上哪儿去了？”——他在路边捡了根粗木棍就四处找开了。

这时，袈裟吉正在池前家的旁边跟四五个小孩儿一起唱歌呢。

一年一度山祭日
拧紧缠头吃白米饭

那儿的杉树很密，跟篱笆墙似的挡着，看不到袈裟吉的身影，但歌声中夹杂着他的声音，辰平一听一个准儿。

辰平抡起大棒大声喊道：

“袈裟！你奶奶的牙齿是鬼牙吗？你这个没良心的东西！奶奶那么喜欢你，把你养这么大，你倒好啊。你这个浑蛋！”

他蹿起身子，一棒打了下去。可袈裟吉“哧溜”一闪身躲开了，辰平一棒打在了石头上。由于他用力过猛，双手震得发麻。

袈裟吉朝对面逃去，随后若无其事地望着他。

辰平朝着袈裟吉怒吼道：

“浑蛋！不给你饭吃了！”

村里人常说“不给你饭吃了！”或“不许吃饭！”之类的话，虽说也有作为惩罚而真的不让人吃饭的时候，但通常只是气头上的骂人话而已。

那天到了吃晚饭的时候，大家在饭桌边坐好后，袈裟吉从外面进来，也跟大家一样在饭桌前坐了下来。他瞟了一眼辰平的脸，发现刚才那种怒发冲冠的凶相早已没了踪影，反倒显得有些垂头丧气。

其实，辰平是不想当着阿玲的面提及那个“鬼牙歌”。别人怎么着都行，就是不想让阿玲知道有这么一首歌。他甚至心中暗想，要是袈裟吉不把刚才的事情说出来就好了。

可袈裟吉心里想的是：不就是个“鬼牙歌”吗？犯得着为这点小事大动肝火吗？好吧，既然这样，以后遇上什么事儿，我就翻来覆去地唱这歌！

就是这个主意！——他反倒来劲了。其实，袈裟吉心里也窝着火呢。他对于父亲续弦，心里一百个不乐意。

随后，大家就往自己碗里盛了饭，开始吃了起来。

说是“饭”，其实就是汤水中有些玉米面疙瘩和蔬菜罢了。因此，与其说是“吃”，不如说“喝”更确切些。

阿玲在想着别的事情。

“从‘对面的村子’过来的媳妇，虽说略早了一点，说不定祭祀那天就会到。”——她有这样的预感。本以为今天就会来，可今天没来。那么，或许明天就该来了。她觉得还是提前让大家知道这一点为好。

“说不定你们的妈妈明天就会从‘对面的村子’过来哦。”

她像宣布一件大喜事似的跟孙儿们说道。

辰平也显得很高兴，搭腔道：

“虽说才过了一个月，可她早点来，你就能轻松点儿，不用受累做饭了。”

可谁知他的话音刚落，袈裟吉就举手喊道：

“慢着！”

他摆出一副不让辰平往下讲的姿态，把脸转向阿玲怒吼道：

“用不着什么‘妈妈’从‘对面的村子’里过来！”

接着他将脸转向辰平，挑衅似的说道：

“我会娶个媳妇来的。不要什么后妈！”

随即，他又转向阿玲说道：

“做饭这点小事你要是觉得麻烦，以后就让我媳妇来干好了，你给我闭嘴吧！”

阿玲大吃一惊。她将手里拿着的两根筷子扔到了袈裟吉的脸上，大声喊道：

“浑蛋！不许你吃饭！”

这时，十三岁的那个孙子像是给阿玲助威似的说道：

“袈裟哥想娶池前家的阿松做老婆呢。”

他当众这么说出来，是想出出袈裟吉的丑。原来这个次男早就知道袈裟吉跟池前的阿松好上了。

“啪!”袈裟吉猛地抽了弟弟一巴掌，瞪大眼睛怒吼道:

“浑蛋!你给我闭嘴!”

辰平大吃一惊，但什么话也说不出来。他从未想过袈裟吉娶媳妇的事情。这个村子里流行晚婚，没人会在二十岁之前娶媳妇。而且他也被袈裟吉敢于反对他续弦的胆量给镇住了。

就连山歌中也有鼓励晚婚的歌:

过了三十也不算晚
添加一人就翻倍了

所谓“翻倍了”是指口粮翻倍，也暗示村里的食物极度匮乏。因此无论是阿玲还是辰平，都做梦也没想到袈裟吉要娶媳妇了。

流经村子的那条潺潺小溪，在半道上形成了一个池塘，于是人们就把位于池塘前的一户人家称作“池前家”了。那家有个叫作阿松的女孩，阿玲对她也是很了解的。尽管阿玲刚才对袈裟吉暴跳如雷，可火气消退了以后一想，就觉得那无疑是不明事理的恶老太婆的丑态。因为她这会儿已注意到那个阿松已经是个成熟的女人，袈裟吉也是个大人了。刚才突然受到袈裟吉的顶撞，不由得又惊又气，可这会儿她甚至觉得，这两个孩子已经长大成人，而自己却毫无察觉，实在是有些过意不去。

这时，袈裟吉已经离开饭桌，不知道上哪儿去了。

到了第二天，就是祭祀当日了。孩子放开肚皮吃饱了“白萩花”

后就跑去祭祀场了。所谓“祭祀场”，就是位于村子正中央的一块平地。虽说这是个夜祭，可孩子们却从一大早起就聚集在这儿了。他们在祭祀场上跳起了盂兰盆舞。说是跳舞，其实也就是两手拿着长柄勺，围成一个大圆圈，边敲边走罢了。辰平和孩子们不知道上哪家玩去了，所以家中只留下阿玲一人。

中午时分，家门前的树墩儿上坐着一个女人，脸冲着外面，身旁还放着一个信玄袋[1]，像是在等什么人。

其实阿玲打刚才就寻思开了：这女人莫非就是从“对面的村子”过来的儿媳妇?可她转念又想：要真是的话，就应该进屋来吧。所以又打消了这个念头。今天过节，兴许是从“对面的村子”来这儿的哪家串门的，走累了，在这儿歇歇脚亦未可知。可是，那个信玄袋鼓鼓囊囊的，怎么看也不像是一般的访客啊。最后，阿玲终于按捺不住好奇心，出门问道：

“我说，不知道您是哪位，莫非是来这儿过节的?”

谁知那女人用不拘礼的口吻反问道：

“这儿就是辰平的家吗?”

阿玲心想：还真是儿媳妇来了。

“您是从‘对面的村子’过来的阿玉吗?”

“是啊，我就是阿玉。我们家也忙着过节呢。大家都让我上这儿

1 译注：一种底部放一块平板，袋口穿绳收紧的手提袋。据说日本战国时代的著名武将武田信玄曾用这种袋子装过盒饭，故名。

来过节，所以我今天就来了。”

阿玲揪住了阿玉的袖子，说道：

“那就快进屋吧。”

阿玲腾云驾雾似的满屋子乱转，将过节时吃的好饭菜全摆在了阿玉的跟前。

“来，来，快吃吧。我这就去把辰平找回来。”

“嗯，他们说不要在家里吃，还是到这儿吃为好，所以我早饭前就动身了。”

“来，来，快吃吧。别客气。”

阿玲心想：你这话可就多余了。原本还以为你昨天就过来的呢。你就说吃了早饭来的又有什么关系呢?你说吃了来的，我也照样会马上给你上饭菜的嘛。

阿玉边吃边聊了起来。

“大家都说婆婆你是个好人，都叫我‘快去，快去吧’。”

阿玉吃得津津有味，阿玲则乐滋滋地望着她。

“上次来的人是我哥。他说婆婆是个好人，所以我也想早点过来。”

阿玲不由得朝阿玉挪了挪身子。她心想：这个媳妇性子直，说的都是心里话，不是拍马屁。

“你再早点来就好了。我还以为你昨天就会过来呢。”

说着，她又朝前探出了身子，但随即就意识到，靠得太近，会被对方看到自己的一口好牙，于是又赶紧用手掩住了嘴，收紧了下巴。

“所以说，你干吗老在那树墩儿上坐着呢?早点进屋来就好了嘛。”

阿玉微微一笑，说道：

“我是一个人来的嘛，有点不知道怎么办才好。哥哥原说要送我来，可他喝过节用的米酒，喝得酩酊大醉。‘婆婆是个好人，你快去吧。’——从昨晚开始，他翻来覆去地就说这么一句话。”

被人夸成这样，阿玲心里乐开了花，连身子都有些飘飘然了。她不由得暗忖：这位媳妇可比死了的那个好。

“哦，是这样啊。早知道这样，我就去接你了。”

阿玉说：

“那敢情好啊。你要是来接我，我就会把你背回来的。”

阿玲心想，看这个女人，还真是会把我从“对面的村子”翻山越岭地背回来吧。以至于她为自己没去接阿玉，甚至都没动过这个念头而后悔不已了。当然了，就那么一座山，凭着自己的身子骨，不用她背也能翻过来。可阿玉要背着自己翻山过来的这份好心，令阿玲欣喜万分，简直都想给她磕头下跪了。

有件事，阿玲想早点告诉阿玉，那就是，自己一过年就要“上楢山”了。她那个飞脚哥哥来的时候，阿玲跟他讲的第一件事，也是这个。

阿玲无心地望了阿玉一眼，见她正将手绕到背后摩挲着。像是吃东西噎着了。阿玲转到了阿玉的背后，本想说一句“你慢慢吃好了”，可又有点拿不准，不知道这么说会不会被人觉得自己小气，一时间反倒不知说什么好了。随即她又想到，还是不说了吧，等会儿自己去找辰平的时候，她一个人会慢慢吃的。

于是阿玲就站在阿玉的背后，替她摩挲着脊背，随后说道：

“我呀，一过了新年，就要上山去的。”

这话出口后，阿玲的手就停了下来。阿玉也一时无语，过了一会儿才说道：

“我哥也跟我说过这事儿。不过他说这事儿也不用着急的。”

“那怎么行呢？早点去，才能早点得到山神的赐福嘛。”

还有一件事情阿玲也想马上就跟阿玉说。她将饭桌正中间的一个盘子移到了阿玉的跟前，那是满满一盘的炖马哈鱼。阿玲觉得必须将这马哈鱼的事也马上告诉阿玉。

“这些个马哈鱼，都是我给捉来的哦。”

马哈鱼号称“河鱼之王”，晒干后可是山中极为珍贵的美味。阿玉露出了不敢相信的神色，问道：

“婆婆，你能捉住马哈鱼？”

“是啊。辰平也好，袈裟吉也好，他们都很差劲。要说这一手，村子里没一个及得上我的。”

阿玲想在上山前，将自己唯一拿手的本事，也即捉马哈鱼的秘诀，传授给阿玉。

她两眼放光地说道：

“我呀，知道马哈鱼藏在哪儿，这可是跟谁都不能说的哦。回头我会教你的。夜里摸过去，只要将手伸进洞里，一抓一个准儿。呵呵，这可是跟谁都不能说的哦。”

说着，阿玲就将装着炖马哈鱼的盘子塞给阿玉，说：

“这些个，你全吃了吧。吃吧。鱼干还有好多呢。”

随后她就站起身来，说了声“我去叫辰平回来，你接着吃”就从后门口出去了。

阿玲走进了一间放杂物的堆房。今天她被阿玉一口一个“好人”地夸着，心里乐呵得不行，于是决定要使出今生今世最大的勇气和力气来。她闭上眼睛，将门牙“咔——”的一声磕在石磨棱上。她觉得嘴巴一阵发麻，仿佛已经不是自己的了。还觉得口内热乎乎、甜丝丝的，牙齿在里面滚来滚去。她用手捂住了嘴里往外直冒的鲜血，踉踉跄跄地跑到小溪边，漱了漱口。两颗断牙从嘴里掉了出来。

“啊，怎么才两颗呀?”

阿玲大失所望。不过由于是上面并排着的两颗门牙没有了，觉得嘴里空荡荡的，让她觉得也还行。

这时，袈裟吉喝着“白萩花”酿造的米酒，已经酩酊大醉了，正在祭祀场上唱他的“鬼牙歌”呢。而磕掉了牙齿的阿玲，嘴里的什么地方像是也受了伤，甜丝丝的鲜血不住地往外冒。

止住。快止住。她心里这么想着，不停地用手舀着水漱口，可这血却老也止不住。

尽管这样，她心里还是挺高兴的，觉得缺了两颗门牙已经很不错了。想来是之前用打火石敲过的缘故，今天才能一下子就磕掉。看来用打火石敲打的功夫也没白费。

阿玲像是要将脸蛋浸到小溪里似的，不停地吸水漱口随即又吐掉，渐渐地，血止住了。只是口腔内还有些火辣辣的，但就这么点疼痛她已经不当一回事儿了。为了让阿玉看看自己牙口不好的模样，她又回到了家里。阿玉这会儿还在吃着。

阿玲在阿玉的跟前坐了下来，说道：

“慢慢吃，多吃点。我马上就去叫辰平回来。”

随即她又说道：

“我已经到了要上山的年岁，牙齿不行了。”

阿玲用上面的牙齿咬住下嘴唇，噘起了嘴，像是只给人家看她上面的一排牙齿。

这下可好了，总算是全都安排妥当了。阿玲乐呵得简直想手舞足蹈。她又离开了家，十分神气地朝祭祀场走去。心想，找辰平的时候遇到了村里人，也要让他们看看自己的牙齿。

祭祀场上，袈裟吉正领着大伙儿唱“鬼牙歌”，不料阿玲张着嘴突然冒了出来。并且刚才一度止住的血，又开始往外冒了。至于他们唱的什么歌，阿玲一句也没听到。找辰平成了她到处展示她那口缺牙的最佳借口。她的全副心思都用在这上面了，根本听不进去什么山歌。

聚集在祭祀场的大人小孩，一看到阿玲的嘴巴，全都“哇——”地大叫一声，四散奔逃开了。原来阿玲见到大伙后，非但闭上了嘴，用上面的牙齿咬住下嘴唇，让大伙看她上面的一排牙齿，还故意抬起鲜血淋漓的下巴给人看，那模样也实在是太瘆人了。见大伙一看到自己就逃跑，她还不知道是怎么回事儿呢。

“啊哈哈哈……”

为了讨好人家，她还强颜欢笑着。

结果就是，阿玲磕掉了门牙，效果却适得其反，楢山祭过了之后，她也仍是村里的话题人物。

“树墩儿家的鬼婆婆”，背地里人们都这么称呼她，并且叫着叫着，有些小孩就真以为她是“鬼婆婆”了。

“被她咬上了就绝不松口的。”

“会被她一口咬死的哦。”

甚至出现了这些传言。

还有人用她来吓唬哭闹的孩子：“再哭，就带你到阿玲家去！”

傍晚时分，有些孩子只要在路上一遇到阿玲，就“哇——”地大哭起来，撒腿就跑。

事到如今，阿玲已经知道了那首歌，也很清楚自己被人叫作了“鬼婆婆”。

楢山祭一过，树叶就开始在寒风中飘零。天气冷的日子，已经跟冬天没什么两样了。辰平还是老样子，新媳妇上门后，仍是无精打采、浑浑噩噩的。

阿玉来了还不到一个月，“树墩儿家”里就又多了一个女人。

那天，“池前家”的阿松先是在树墩儿上坐着，到了吃午饭的时候，就坐到阿玲他们的饭桌边来，一起吃了起来。阿松吃起饭来十分快活，看她那表情，仿佛吃这件事令她兴奋无比，使她享受到了人间极乐。与此同时，她也吃得很多。她坐在袈裟吉的身边，就那么一声不吭地吃着。

到了吃晚饭的时候，阿松也跟袈裟吉并排坐着。她还不时地用筷子戳戳袈裟吉的脸，跟他调笑着。对于阿松的出现，阿玲和辰平夫妇也并不觉得讨厌。阿玲甚至还为自己从未意识到袈裟吉已经长大成人而感到羞愧。到了晚上，阿松就钻入了袈裟吉的被窝。吃午饭的时候，阿玲就看出阿松的肚子有些不同寻常，觉得像是有了五个多月的身孕了。“看样子新年里就该生了吧。早一点的话，或许就等不到过年了”——只有阿玲一人为这事儿担心。因为阿松要是早早地生下了孩子，她就看到“老鼠崽”了。

第二天，吃过早饭后，阿松就坐到了树墩儿上去了。她只在吃午饭的时候才进屋来，吃完后，就又坐到树墩儿上去了。快到傍晚的时候，阿玉对她喊道：

“阿松，你来灶下烧火吧。”

阿松烧火烧得很差劲，一会儿的工夫就弄得满屋子都是烟。最小的那个孙女都被呛得哭起来了。烟实在是太浓了，阿玉和阿玲都从屋里逃到了树墩儿那儿，最后连正烧着火的阿松自个儿也揉着眼睛跑出来了。

阿玉笑道：“干那事儿倒是挺在行的，烧火可还没入门啊。”

阿玲强忍着浓烟，跑到灶下用水浇灭了火。然后重新点火，很快，火就熊熊燃烧了起来。阿玲将被水浇灭了的那根阿松怎么也烧不旺的柴火扔到了外面，说道：

“你怎么把这玩意儿塞进去了?这是榉木啊，阿松，不能用它来烧火的。老话说，榉木烧饭瞎三年啊。”

随即她又小声嘀咕道：

“像我这样上年纪的人，瞎了也就瞎了。你们要是瞎了，可就糟了。”

阿玉说：

“既然阿松不会烧火，就来带孩子吧。”

说着，就让阿松背上了最小的那个女孩。小女孩由于被烟熏着了，还在哭个不停。阿松将小女孩背在背上后，使劲儿摇晃起肩膀来，嘴里还唱道：

“六根，六根，六根哟……”

听她唱出这歌来，阿玲和阿玉都惊呆了。因为这歌在平时是不唱的，只有在陪人“上楢山”的时候，或者是带孩子的时候才唱的。而在带孩子的时候唱“六根，六根，六根”的话，这歌又被称作“聋子晃”或“恶鬼晃”。

六根，六根，六根哟
带孩子看似轻松又不轻松
肩上沉重背上哭
啊，六根，六根，六根哟

阿松就这么唱了起来。这歌在唱到“六根”的时候，唱歌的人就会晃一下肩膀，想通过剧烈的晃动来止住孩子的哭声，同时也想通过大声吆喝来盖过哭声。晃动肩膀的幅度也很大，简直就是将孩子“咚”地一下子从右肩摔到左肩似的，想以此让孩子张不开口。所以与其说是在晃动肩膀，倒不如说是在虐待孩子。

陪人“上楢山”时，如果陪的人修为不够，或要遭报应的，就要唱这歌；对于不肯上山的人，陪同的人也会唱这个“聋子晃”歌。阿松不懂，只会一个劲儿地唱“六根，六根，六根”，其实这歌的最后，还要吆喝两遍“六根清净”，为的是洁净身心，消除罪孽。跳盂兰盆舞唱的歌跟这个“聋子晃”原本腔调不同，但也可以用同一个腔调来唱。不管哪个，都是楢山地区的山歌。

阿松一边摇晃着肩膀一边唱这歌，可她背上的小女孩却像是被火炙着了似的，哭得更厉害了。于是阿松摇晃得更厉害了，还唱起了下一首歌：

六根，六根，六根哟
你就号吧，讨债鬼，我有好东西要给你
反正我耳朵冻僵了，什么也听不到
啊，六根，六根，六根哟

这首“聋子晃”中所谓“号吧”云云是说你这个小鬼想哭就尽管哭好了，我会给你好东西的。“有好东西要给你”，其实就是去拧背上的小孩。同时还说你再怎么哭我也不怕，反正我的耳朵已经冻僵了，什么都听不到的。

阿玲活到这大把年纪，还从未背着孩子唱过“聋子晃”呢。阿松昨天刚来，今天就唱起这歌来，可见是个冷酷无情的女人。所以阿玲和阿玉听到后惊得目瞪口呆。

小女孩在阿松的背上又哭又叫，闹得比刚才更厉害了。阿玉实在看不过去了，跑过去将小女孩抱了过来，但那像是被火炙着了似的哭喊声并没有立刻止住。“莫非……”阿玉心中不免生疑。她将小女孩抱到阿玲跟前，撩起衣服看了下她的屁股，但见像是被拧出来的青紫块竟多达四处。阿玲与阿玉面面相觑，目瞪口呆。

自从阿松来了之后，袈裟吉倒是消停了，也不再说阿玲的坏话了，而是换了一套说辞。

“奶奶你什么时候上山呀?”

吃饭的时候他经常这么问。

“过了年马上就去。”

同样的事情被问了好多遍后，阿玲也只有苦笑了。

于是袈裟吉就会语速很快地说道:

“早点去的好啊。早点去——”

每次阿玉也都会用同样的口吻说:

“晚点去的好啊。晚点去——”

说完就捧腹大笑。

由于阿玉是紧接着袈裟吉的话，并且说得跟他一样快，显得滑稽可笑，连阿玲都跟着笑起来了。

家里多了两个女人，阿玲就有点闲得发慌了。她原本是个要强、闲不住的人，所以这么着就觉得有些空虚，甚至有些无聊了。阿松有时候也能帮上点忙。阿玲则有时候觉得不知所措了。不过，阿玲毕竟是怀有“上楢山”这么个目标的。她心心念念、反复盘算的，只有这一天。她心中暗忖道：你们虽然叫我“鬼婆婆”，可到了上山的那天你们就瞧好吧，我才不像钱屋的阿又那副熊样呢。我备好了那么多的好吃的，能把“上楢山”办得跟过节一样。白米饭、香菇、马哈鱼干什么的早就另外准备下了，能让家里人放开肚皮吃个饱。给村里人也准备了用“白萩花”酿制的米酒。虽说淡了些，可有将近一斗呢。当然了，这些，现在是谁都不知道的。等我进了山，第二天，家里人肯定会像饿虎扑食似的猛扑上去，狼吞虎咽，吃得津津有味的。“奶奶竟积攒了这么多?!”——到那时他们肯定会大吃一惊的。那时，我已经上了山，毕恭毕敬地坐在新草席上了。

如此这般，阿玲心里念叨着的，就只有“上楢山”这一件事。

狂风刮了一整天，又刮了一整夜，到了天快亮的时候，突然传来了奇怪的喊声：

“向楢山神灵请罪了!”

村里人这么嚷嚷着，四处一片混乱。听到喊声后，阿玲也从被窝里爬了出来，跌跌撞撞地冲到了大门口。虽说她已经上了年纪，可手里依旧攥了根棍子。阿玉也从一旁蹿了出来，背上捆绑似的背着最小的那个女孩，手里也抄起了一根粗木棍。

“在哪儿?”阿玲大叫道。

阿玉没有回答，脸色刷白，像是根本顾不上说话似的，立刻就跑了出去。这时，家里的其他人也已全都跑出去了。

小偷不是别人，就是雨屋家的男人。他偷偷地摸进隔壁的烧松家，正要偷走一草袋豆子的时候，被人家堵在里面一顿胖揍。

在这个村子里，偷粮食是最重的罪，要受到最严厉的制裁——“向楢山神灵请罪”。与此同时，小偷家里的粮食也会被抄出来分给大家。但必须是赶到现场、准备打架的人才有资格分粮食。因为，如果小偷反抗，那就要大打出手了，所以必须尽快赶到现场。并且，既然是急着赶去打小偷的，那就得赤着脚去，要是穿着鞋子去，则自己也会遭到群殴，所以赶去的人也都是拼了命的。这说明，在每个人的心里，粮食被人夺走是非常严重的事情，是早已刻骨铭心了的。

雨屋家的男人，这会儿已像一摊烂泥，浑身上下都动弹不了了。他在烧松家被逮住后挨了暴打，然后被抬到了祭祀场。他的家人也不得不坐在他的身旁。他们哇哇大哭着，却无能为力。接着，就是“抄家”了。一些身强力壮的男人在他家里翻了个底朝天，将所有能吃的东西全都扔了出来。看到那些被扔出来的东西后，大家全都惊得目瞪口呆。光是红薯就接连不断地被人从走廊地板下抛出来许多，居然堆成了一坪[1]左右的小山。他们家怎么可能种出这么多的红薯呢?要知道种红薯是必须先埋下红薯种的。由于红薯种也能吃，所以过完冬天后，无论哪家也都只剩下一点点了。再说，谁家种了多少红薯，村里人全都一清二楚，雨屋家所种下的红薯，顶多也只能有这“小山”十分之一的收成。不用说，这堆得跟小山似的红薯，肯定是从全村人家的地里偷偷刨出来的。

雨屋家这是连着两代人向楢山神灵请罪了。上一代是因为过冬时偷挖了山药吃。可当时就有人说，说不定他们是将粮食藏在山里的什么地方才度过冬天的。

“雨屋的血统就是小偷的血统，不把他们全家都干掉，我们晚上都睡不着觉了。”

人们小声商量着。雨屋家共有十二个人。

这天，一整天都没人干活儿。因为全村的人都情绪失控，怎么也收不住心。

---

1 译注：面积单位。1坪约合3.3平方米。

阿玲家也这样，一个个的都直愣愣地发着呆。辰平伸开两脚，抱着脑袋坐着。

“这个冬天，我们家能平安度过吗?”

他在想这事儿。

雨屋家发生的事情，可不是跟自家毫不相干啊。辰平家也面临着同样的问题，并且十分严峻。应该说，是雨屋家的事件，一下子将该问题推到了他的面前。食物不足，这是明摆着的，可也不能去偷去抢呀。雨屋家有十二个人，辰平家也有八个人哪，且正在食欲旺盛头上的人也多，所以要说这日子难过，跟雨屋家也不相上下啊。

阿玲在辰平的身旁坐了下来。她也在担心过冬的事情。虽说每年都会为过冬而伤脑筋，但今年不比往常。因为，今年人口增多了，并且孩子们都长大了，所以比以往的哪个冬天都更难熬过去。还有就是阿松这家伙太过分了。阿玲甚至觉得:

“她不是来给袈裟吉做老婆的，看她那副吃相，像是被家里人赶出来的。”

阿玲觉得一准儿就是这样的。

阿松虽然是个女人，饭量却奇大。不仅如此，她还一点也不把东西够不够吃放在心上。煮豆子的时候，她总会说:

“都说在煮豆子的时候，越吃豆子越多。”

说着，就不停地吃了起来。

阿玲和阿玉都觉得她很不靠谱，心里没着没落的。其实那话说的是煮豆子时要多放水的意思。

有一次，辰平挖苦她说:

“阿松，要是越吃越多的话，那不吃不就没有了吗?”

阿松根本就没听懂，还一脸天真地反问道:

“是吗?真的吗?”

辰平实在忍不住了，高喊道:

“袈裟吉!你给我扇阿松的嘴巴!”

阿松这才停止吃豆。

辰平和阿玲都在想着过冬的事，阿玉其实也想着同样的事情:

“我们家吃起饭来有点胡来啊，非得分好了各吃各的才行。”

这时，袈裟吉扬扬得意地说道:

“今天我立了大功了哦。”

确实，他今天早上是出了大力的。外面闹起来的时候，他是第一个从家里冲出去的，抄家的时候他也是得力干将之一，所以他带回家的红薯也比较多。

阿松也坐在那儿。由于她肚子很大，又向前弯着腰，那模样跟青蛙差不多。不过她今天的脸色有些紧张。

阿玉像是突然想起来似的，去堆房抱了一副石磨来，开始磨豆子。不一会儿，随着“咕噜咕噜”的磨盘声，黄色的粉末就开始从石磨的四周往下掉。看到这情形后，袈裟吉就唱了起来:

要吃豆子就先冻一下
老爸眼瞎看不见

所谓“先冻一下”，是说先把豆子在冷水里浸泡一下。因为豆子炒熟了吃，或者生吃的时候会发出“嘎嘣嘎嘣”的声响，会被瞎眼老爸发觉。而在水里泡软后再吃，就能一个人悄悄地吃了。歌中所谓的“眼瞎”也并非真的指瞎子父母，而是泛指眼睛不好的老年人。由于年轻人比老年人更容易饿，这歌就是在教年轻人如何瞒着长辈偷偷地多吃一点东西。

“他可真干得出来啊!”

这时，钱屋家的儿子嚷嚷着走了进来。

他所谓的“真干得出来”，其实是想说“这么伤天害理的事情居然也干得出来”。事到如今，他还在为雨屋家男人所干的坏事而感到震惊不已。

“瞧!那些红薯尽是些小个的。”

他要说的是：很明显，那些红薯就是从地里刨出来的。

“我还纳闷儿呢，怎么种下的红薯只能收那么一点，原来都被他刨去了。所以，不是什么分了他的红薯，而是物归原主罢了。再说，被他刨去的还不止这些吧。”

辰平也是这么认为的。无论哪家，分到的远没有被刨掉的多。

钱屋家的儿子又说道：

“这个仇，非报不可。到了晚上，雨屋家的家伙肯定要来偷的!得早做打算才行啊。不然的话，怎么能高枕无忧呢?一定趁早将他们斩草除根啊。”

辰平说：

“斩草除根?他们一共有十二个人呢。”

袈裟吉听了，开玩笑道：

“傻瓜!挖个大坑，将他们全都活埋了……”

阿玉停下了手中的磨，也开玩笑似的说道：

“别介，这么一大堆人，还能往哪儿埋?”

钱屋家的儿子说：

“这可不是开玩笑的事哦。现在家家户户都停下了手中的活儿，正琢磨这事儿呢。”

他焦躁不安地扔下这么一句话后，就往外走了。这时，外面传来了乌鸦“嘎——嘎——”的叫声。

“你看，你净说这种话，连乌鸦都叫开了不是?”

听到阿玲这么一说，钱屋家的儿子就回过头来，说道：

“今天晚上，说不定会有人下葬的。”

一边说，他一边出去了。

后面的山里有块村里人的坟地。虽说村里食物不足，可遇到有年轻人死去，下葬后也还是要供一餐饭的。可这饭结果都是被乌鸦吃光的。因此，人们都说乌鸦最喜欢葬礼。还说乌鸦有种神秘的预感，能提前知道葬礼，并开心地叫。而乌鸦叫，也就被人看作葬礼的前兆了。

钱屋家的儿子回去后，大家都默不作声。一想到村子里杀气腾腾的，而从今天晚上起，雨屋家的人就会一个个消失，大家都不由得有些毛骨悚然。就连阿玉牵磨发出的“咕噜咕噜”声，听着都有些异样了。

这时，躺着的辰平突然开口道：

“妈妈，你明年要上山了吧。”

阿玲听了，觉得松了一口气。她是见辰平终于同意她上山而感到放心了。

阿玲赶紧接过话头来说道：

“‘对面的村子’里，我奶奶是上山去的，后来，我婆婆也上山去了，我当然也要上山去的。”

阿玉停下了手中的石磨，说道：

“没事儿的，生下了‘老鼠崽’，我会丢到山沟里去的。奶奶你不会像榧树家的那样，被人编进歌里去的，放心好了。”

袈裟吉听了就不服气地说道：

“什么呀?我去丢好了，管什么呀?”

所谓“管什么呀?”就是“有什么关系呢?”的意思。

接着他又朝着阿松说道：

“说好了我去丢的，是吧?”

阿松答道：

“嗯，这事儿，就有劳你了。”

大家一齐把眼光射向了阿松的大肚子。

阿玉手中的石磨又“咕噜噜”地响了起来，就跟远处传来的隐隐雷声似的。大家又不吭声了，见此情形，袈裟吉又大声地唱起歌来。他撩起衣服的下摆，盘腿而坐，将袖子一直卷到肩膀上，大声唱道：

老爸你快出来看，枯树又长新芽了

不能不去啊背上背架

近来袈裟吉的山歌大有长进，腔调像模像样的。阿玲也觉得袈裟吉唱得很在行。可今天他唱的这歌不太正经，虽说也是从前就一直这么唱下来的，可他唱着唱着就跑调了，叫人听着不是味儿。

“袈裟吉，哪有这样的歌呢?是‘山上着火了，枯树发新芽’。”阿玲指点他道。

“咦?钱屋家老叔就是这么唱的呀!”

“傻瓜!从前，有一次山上着火了，大伙儿都跑上山去，所以才有了这首歌。是吧，辰平?”

说着她看了一眼辰平，见他正仰面朝天地躺着，额头上搭着一块抹布，一直盖到了眼睛那儿。

阿玲不动声色地瞟了辰平一眼，突然觉得他真可怜。张罗着过冬就够艰难的了，陪着“上楢山”也绝对是一件苦差事。“明年要上山了吧”——虽说直到刚才，他才说出这句话来，其实他是一直将这件事放在心上的。想到这儿，就越发地觉得他可怜了。

阿玲挪到辰平的身边，掀掉了他头上的抹布。她看到辰平的眼睛亮晶晶的，便后退了几步，又赶紧离开了。她心想：他眼里亮闪闪的，莫非流眼泪了?唉，怎么能这么没出息呢?

她斜眼凝望着辰平的眼睛，心中暗忖：只要我还有一口气，就要帮他渡过难关!

石磨声停了，阿玉跑出去到屋前的小溪边去洗了把脸。刚才她也停下了手里的活儿，去洗过一把脸。

“她也哭了吗?这可怎么好?怎么都这么没出息呢?尤其是辰平，得更强硬些才好啊。都这么软绵绵的怎么行呢?”

袈裟吉又唱了起来：

山上着火了，枯树发新芽

不能不去啊背上背架

这次他是正儿八经地唱的。“枯树发新芽”那句应该是用“御咏歌”[1]的调子唱，可他唱得跟“浪花节”[2]似的，十分感人。

当他唱到结尾处的“背上背架”时，阿玲不由得喝彩道：

“哎哟喂！唱得好！”

第三天的半夜里，外面传来了杂乱的脚步声，听上去人数很多，都是从阿玲家门前经过往后山去的。翌日，全村人都知道雨屋家的一家人都已不在这个村子里了。

“别提起雨屋家的事儿了哟。”

村中这么约定后，从此就再也没人说三道四了。

一进入十二月，就是严冬了。由于说的是阴历，所以在月半时分就入寒[3]了。听到孩子们嚷开“雪婆婆飞起来喽”后，阿玲便斩钉截铁地说：

“我上山的时候，肯定会下雪的。”

---

1 译注：僧人唱咏的赞歌。

2 译注：日本一种在三弦伴奏下说唱故事的曲艺形式。

3 译注：指小寒、大寒之节气。

所谓的“雪婆婆”，是一种白色的小飞虫。据说在下雪前，这种小白虫会在空中飞舞。

阿松的肚子越来越大，毫无疑问，已经到了即将临盆的程度了。她的举动和气喘吁吁的样子，也十分引人注目。

就在过年的前四天，阿玲一大早就在等辰平起床，随后又将他带到外面，在他耳旁说道：

“今天晚上我要请上过山的人过来，快去跟大伙儿说一声。”

阿玲已经决定明天“上楢山”了。所以想在今晚把进过楢山的人都叫来，请他们喝酒。

“还早啊，过了年再请吧。”

辰平一直以为母亲要过了年才上山，所以现在听说明天就要上山，不免有些惊慌失措。

“傻瓜。虽说是早了点，可还是早点好呀。趁着‘老鼠崽’还没生下来。”

辰平有些不太起劲，故而没吭声。阿玲又说道：

“快去跟大伙儿说呀！磨磨蹭蹭的，一会儿大伙儿就都上山去了。”

她的口气中包含着一种辰平不得不服从的强大的力量。辰平出去后，她又追着他的背影喊道：

“你听好了，一定要去请来哦。要不，明天我就一个人上山了！”

当天夜里，被请来的人在阿玲的家里济济一堂。在“上楢山”的前一天晚上，要请人来喝酒，这是规矩，而受邀请的，则仅限于上过楢山又回来的人。这些人在喝酒的同时，也会指导一些上山时的注意事项，而他们这么做既是为了说明情况，也有着宣誓的意味。指导的时候，也有着一套约定俗成的规矩，那就是每人只指导一条。受邀前来的共有八人，七男一女。其中的一名女性，是去年陪人“上楢山”的。由女性做陪同，是很少见的。一般而言，家里没人陪同的，会请外人陪同，陪同上山的人基本上都是男性。被请来喝酒的八人中，最先陪同人上山的那个自然就是老前辈了，他是最有发言权的，也是八人中的头儿，喝酒也要他先喝。就是说，在此场合下，一切都按照上山的先后顺序来定。

今晚的老前辈，是一个被叫作“急性子阿照”的人。阿照五十来岁，其实他的性子并不急，相当稳重，因为他家上几代人中有性子很急的人，所以就这么叫他了。因此，这个“急性子”与其说是他的绰号，倒不如说是他家的“招牌”更确切些。

阿玲和辰平虽说是在家里招待客人，却是自己坐在正面，让客人们并排坐在对面的下首座位上。阿玲和辰平在大伙儿的跟前放了一个大酒坛子。这就是阿玲为了今夜而早早预备下的，用“白萩花”酿成的米酒，分量将近一斗。

阿照率先对着阿玲和辰平恭恭敬敬地行了个礼，随即，其他客人也都朝他们鞠躬行礼。

阿照对辰平说道：

“‘上楢山’是要人陪的，辛苦你了。”

按照规矩，阿玲和辰平在这种场合下是不能开口的。

阿照说完后，就捧起酒坛子递到自己的嘴边，“咕咚咕咚”地喝了起来。随后，他就将酒坛子递给下一位。那人只喝酒，不说话。就这么着，酒坛子转了一圈后，又回到了阿照的跟前。

阿照这次对着阿玲，用背书似的口吻说道：

“‘上楢山’时必须守规矩。其一，上山后不准说话。”

说完后，他又对着坛子口，“咕咚咕咚”地喝起来，然后递给下一位。

这些规矩，其实无论是阿玲还是辰平，都在平时的交谈中听说过，所以早就了然于胸了。但在这种场合必须重新听一遍，因为这也是习俗的一部分，并且还含有在客人面前起誓的意味，所以他们都只有洗耳恭听的份儿。

酒坛子又转过来后，阿照就将其放到了下一位的面前。那人也跟阿照似的，用背书似的口吻说道：

“‘上楢山’时必须守规矩。其一，离家时不能让任何人看到。”

说完后，他就对着坛子口，“咕咚咕咚”地喝了起来。酒坛子转过去后，这次被放在了第三位客人面前。那人也用跟阿照相同的口吻说道：

“‘上楢山’时必须守规矩。其一，从山上回来时，不能回头看。”

说完后，他就对着坛子口，“咕咚咕咚”地喝了起来。酒坛子转过一圈后，这次被放在了第四位客人的面前。其实“规矩”在轮到第三位客人的时候就已经讲完了，这第四位客人说的是“上楢山”的路线。

“上山的路是这样的：绕过村子后山的山脚，从下一座山的柊树下走过，绕过这座山的山脚，爬上第三座山后就能看到池塘了。绕过三个池塘后，爬上第四座山的山顶后，就能看到对面的楢山了。这时，你要从山谷左侧和下一座山的右侧之间往前走。绕过山谷大约有二里半[1]的路程。途中有一条有着七个拐弯的道路，那儿就是‘七谷’。过了‘七谷’，前面就是上楢山的道路了。说是有路，其实也似有若无，你只管在枹栎树林间往上走就是了，楢山的神灵在那上面等着呢。”

他说完后，就把酒坛子往下传。至此，该教导的规矩也就结束了。按规定，这时就谁都不能说话了。也就是说，整个过程中，除上面四人说些教导的话之外，其他人都不准说话。接下来，就是大家一声不吭地轮流着把酒喝完了。不过要是谁喝够了，也可以默默地离去。结果，最后一个走的是阿照。大家都回去后，阿照也站起身来，可他又朝辰平招了招手，把他带到了屋外。

阿照对辰平低声说道：

“你要是不乐意，也可以不上楢山的，到了‘七谷’那儿，就可以回来了。”

虽说周围一片漆黑，连个鬼都没有，可阿照说这话的时候还是四下里望了一下，显得鬼鬼祟祟的。

“他怎么说出这种话来了？”

辰平觉得十分奇怪，心想，阿玲她那么一心想“上楢山”，我怎么可能照他的这话去做呢？所以辰平只当这话是耳旁风，根本就没当回事儿。

1 译注：这里的“里”是日里。1 日里为 3.927 公里。二里半就是将近 10 公里。

阿照马上又补了一句:

“我说这话不能让第三个人听到，也就说说罢了，听不听随你。”

说完，他就回去了。

大家都回去后，阿玲和辰平就都钻入被窝了。可由于明晚就要“上楢山”了，阿玲根本就没有一点睡意。

大约在半夜里的丑时三刻[1]左右吧，阿玲听到外面有人在哭。

是一个男人在号啕大哭的声音。这哭声越来越近，来到了阿玲家的门前。不仅如此，还传来了像是为了盖过哭声而唱的“聋子晃”的歌声:

六根，六根，六根哪
陪伴的人看似轻松不轻松啊
肩上沉来背上重
啊，六根清净，六根清净

阿玲在被窝里抬起头来侧耳静听，听出了这是钱屋家阿又的哭声。

“真不像话!”她不由得在心中骂了一句。

过了一会儿，她听到有脚步声过来了，门板上还响起了被人用手指抓出来的声音。

---

1 译注：凌晨2时30分。

“怎么回事儿?”

阿玲一骨碌爬起身来，来到了檐廊上，打开了那扇吱吱作响的门。只见外面月光十分明亮，阿又缩作一团蹲在那儿，遮住了脸，浑身瑟瑟发抖。

这时，又“啪嗒啪嗒”地跑来了一个男人。是阿又的儿子，手里攥着一根粗草绳。他站在那儿，两眼瞪着自己的父亲。

“辰平，辰平！”阿玲高声喊道。

辰平像是也还没睡着，立刻就跑了出来。辰平与钱屋家的儿子打了照面，看到了他手里攥着的绳子，问道：

“怎么了?”

“他咬断了绳子逃回来了。”

说完，他又恶狠狠地瞪着自己的父亲。

“真不像话！”

辰平心中暗忖道。他是为钱屋儿子的荒唐行为感到震惊。

“真不像话！”

阿玲则是为阿又的这副熊样而感到震惊。

从前，有这么一首山歌：

被“聋子晃”呀摇晃着
绳子晃断了呀缘分也断了

歌里唱的是，摇晃得太厉害了，连绳子都晃断了，可既然说他是将绳子咬断的，就比歌里唱的更过分了。于是，阿玲就跟呵斥似的对阿又说道：

“阿又，被‘聋子晃’那样的，确实无趣，可你还活着呢，就跟山神和儿子都断了缘分，又算怎么回事儿呢？”

阿玲是在用她自己觉得正确的想法开导阿又。

辰平说道：“今夜就不去了吧。”

说完，他就背起阿又，把他一直送回了钱屋家。

第二天夜里，阿玲严厉催逼着有些磨磨叽叽的辰平，踏上了“上楢山”之路。天刚黑的时候，她就淘好了明天大家要吃的“白萩花”，香菇和马哈鱼干的事儿也吩咐了阿玉。看到家里的人都睡觉了，四下里静悄悄的，就悄悄地打开了屋后廊檐处的门。外面，辰平正背着背架等着呢。那天夜里没有风，却特别冷，天空阴沉沉的，没有月光，辰平简直跟盲人似的走在漆黑一片的路上。阿玲和辰平走后，阿玉从被窝钻出来，开门来到了屋外。她手扶着树墩儿，在黑暗中凝视着前方，目送他们远去。

辰平绕过后山的山脚，来到了柊树下。这树长得枝繁叶茂，巨大的树冠像一顶大斗笠，下面一片黑咕隆咚，从树下走过，就跟走进屋子里似的。到这儿为止，辰平以前也来过的，再往前，就是传说中的不“上楢山”就不得随便走的道路了。通常是不从柊树下穿过，都是或左或右地绕着走的，可现在必须笔直地往前走。绕过了第二座山的山脚，再绕过第三座山的山脚，池塘就出现了。这时，天空微微地有些发白了，而绕完池塘之后，已是天光大亮了。石阶共有三级，再往上就是很陡的坡道。这第四座山，是必须往上爬的。山很高，越靠近山顶，山路就越险恶。

爬到了山顶上之后，辰平不由自主地瞪大了眼睛：对面的楢山一清二楚，就像是正等着他们似的。脚下的这座山与楢山之间，隔着一道很深很深的山谷，简直叫人联想起十八层地狱来。要去楢山，就得从山顶稍稍往下走一点，然后沿着一条像是沿着山脊似的小路往前走，右边是悬崖，左边是陡坡。山谷被四座山包围着，深得跟地狱一般，所以辰平不得不一步步踩踏实了慢慢地往前走。他被告知，绕过这个山谷，要足足走二里半的路程，可这也仅仅让他明白，楢山是越来越近了，而他也只有一步一步地往前走而已。他觉得，自从看到楢山的那一刻起，他就已经成了住在那儿的神灵的仆人，自己必须遵从神灵的命令，一步步地往前走。

随后，他来到了七谷。抬头望去，楢山就跟坐在了他跟前似的。他被告知，过了七谷，前面的路就似有若无了，所以他就一个劲儿只管往上爬。这里的树，全都是枹栎树。辰平心想，终于来到楢山了，于是便拿定主意，再也不开口了。其实，阿玲自从离开家门，就什么话都不说了。辰平一边走一边跟她搭话，她也从不回答。辰平不停地往上爬，可不论爬得有多高，周围也还都是些枹栎树。最后，终于爬上了一个像是山顶的地方。在经过一块很大的岩石的时候，他发现岩石后面好像有人。辰平吃了一惊，不由得倒退了几步。仔细一看，发现原来那是个死人，身体蜷缩着靠在岩石上，双手紧握，如同合十一般。辰平站定了身躯，一动也不动。这时，阿玲突然从背后伸出手，朝前挥了挥，似乎在吩咐他“快往前走”。

辰平继续往前走着。走到前面的一块岩石处，发现其背后有一具白骨。两条腿的腿骨还是整齐地并排在一起的，脑袋滚落在一边。肋骨跟刚才那个死人一样，也是靠在岩石上的。两条胳膊的骨头散落在两边，与身体离得很远。整具骨骼七零八落，就跟有人恶作剧，故意这么摆放似的。阿玲又朝前挥了挥手，催促辰平快走。事实上只要是有岩石的地方，必定有尸骸。再往前走，连树根处也有尸骸了。还有一具刚死不久的尸体，看着跟活人似的。走到那跟前的时候，辰平吓了一跳，又停下了脚步。因为，眼前的这个死人居然动了一下。他仔细端详了一番那死人的面孔，发现他确实已经死了。“可他刚才确实动了一下呀。”——辰平心中大骇，两腿也僵硬了。不料这时，这个死人又动了一下。是他的胸口处动了一下。辰平定睛一看，原来那儿有一只乌鸦。由于那死人穿着黑乎乎的衣服，乌鸦蹲在那儿一下子看不出来。辰平用力跺了跺脚，可那只乌鸦根本不逃。他从死尸旁经过，继续往前走。这时，那只乌鸦突然飞了起来。它静静地舒展开翅膀，悠然自得地盘旋而上，不慌不忙的模样实在可憎。辰平不经意地回头望了一眼那个死人，却发现他胸口还有一只乌鸦。“原来刚才那儿蹲着两只乌鸦啊”——他才这么一想，又发现那乌鸦的下面，还有一只乌鸦的头在动呢。原来那死人摊开手脚，肚子里面已经被乌鸦掏空后做了窝了！“或许他肚子里面还有乌鸦呢”——一想到这儿，他不由得感到又恶心又恐怖。

这儿虽然已经是山顶了，可路还在往上延伸着，并且越往上走，乌鸦就越多。辰平一走动，乌鸦们也走动了起来，仿佛这一整片地方都动起来了。乌鸦踏在枯叶上发出“沙沙”声，就跟人的脚步声似的。

“这山上的乌鸦真多啊。”

乌鸦的数量如此之多，令辰平感到震惊。乌鸦给人的感觉一点也不像鸟，它们的眼睛就跟黑猫似的，行动起来慢条斯理的，看着就叫人恶心。从这儿往前，东倒西歪的尸骸也越来越多了。稍稍再往前走一点，就来到一个光秃秃、到处都是岩石的地方。那里遍地都是白骨，仿佛积雪似的白茫茫的一大片。辰平低头看着脚下，尽量避开白骨一步步往前走，但也难免两眼发花，差点被绊倒。他心想："这些白骨中，肯定也有生前我认识的人吧。"突然，他发现白骨中还有一只木碗。他不由得站定了身躯。

"真了不起啊！"

他由衷地感到佩服。居然有人到这儿来还带着木碗。他心想：之前来的人中，竟有想得这么周到的。同时，他也为自己没带一只碗来而懊恼不已。

有一只乌鸦蹲在岩石上，滴溜溜地转动着眼珠子。辰平捡起一颗石子，"啪"的一声扔了过去，那乌鸦就"哗——"地飞了起来，随即，周围的乌鸦也全都飞了起来。

"它们还知道逃走，看来是不会啄活人的。"

明白了这一点后，辰平也就稍稍放心了。

路还在往上延伸着。又往前走了一段后，发现有一块岩石的背阴处没有尸骸。来到那岩石旁后，阿玲就拍起了辰平的肩膀，还不停地蹬着脚。她是在催辰平把她从背架上放下来。辰平将背架放了下来。阿玲从背架上下来后，就将挂在腰间的草席铺在了岩石的背阴处。然后解下系在自己腰间的一个小包袱，并要将其系在辰平的背架上。辰平瞪大了双眼，露出生气似的表情，将那个小包袱放到了草席上。阿玲从小包袱里拿出一个饭团放在草席上，随后又要将小包袱系在辰平的背架上。辰平把背架夺过来，再次将小包袱放到了草席上。

阿玲笔直地站在草席上，两手紧握着放在胸前，两肘左右分开，紧闭着嘴，一动不动地看着下方。她的腰里没扎腰带，取而代之的是一根绳子。辰平端详着一动也不动的母亲的脸。发现这张脸上已经显出死相了。

阿玲伸出手来，抓住了辰平的手。随后将辰平的身体转向刚刚来那个方向。辰平浑身发热，就跟浸泡在热水中似的，大汗淋漓，头上直冒热气。

阿玲紧紧地握了握辰平的手，然后“砰”的一下，在他背上推了一把。

辰平迈开了步子。他遵守誓言，头也不回地走了。

走出十来步后，辰平将没了阿玲乘坐的背架举起来，直指天空，大颗大颗的眼泪，扑簌簌地掉了下来。他像喝醉了酒似的，踉踉跄跄地往山下走去。走了一小段路后，他就被尸骸绊倒了。他的手撑在身旁一个死人的脸旁。那是一张肉已剥落、露出了灰色骨头的脸。他正要站起身来的时候，又看到尸骸细细的脖子上还缠着一根绳子。看到这个，辰平不禁垂下了脑袋，自言自语道：“我是没这个勇气的。”随即，他又往山下走去。走到了楢山的半山腰的时候，辰平的眼前出现了一些白色的东西。他站定身躯，凝神观瞧，发现枹栎树之间飞舞着一些白色的粉末。

下雪了！

辰平不禁“啊！”地大叫了一声。

他出神地凝望着白雪。雪花纷飞，随风乱舞，并且越下越大。阿玲平日里曾斩钉截铁地说过：“我上山的时候，肯定会下雪的。”现在，果然下雪了。

辰平猛地转过身来，开始朝山上跑去。必须遵守“上楢山”的规矩、宣誓什么的，此刻已被他抛在脑后了。他要将“下雪了”这件事告诉阿玲。不，不仅仅是告诉，他更想与阿玲一起高喊：“下雪了！”“真的下雪了！”哪怕只喊一声也好。辰平如同猿猴一般，沿着被视为禁地的山道往上爬。

等他来到阿玲所在的岩石旁的时候，雪已经将地面都染白了。他偷偷地朝藏在岩石背后的阿玲望去。他已经破了“上楢山”的誓言，不仅回头看了，如今还回到了这儿，并且还要再破“不准开口”的誓言。这简直跟犯罪没什么两样。可是，正如阿玲所说的“肯定会下雪的”那样，老天爷真的下雪了。“下雪了”这句话，他是无论如何也要说的。

辰平朝岩石后面探出脸去，见阿玲正坐在他的眼前。她用草席盖住了头和肩膀，可她的前发、胸脯和膝盖上已经开始积雪了。她像一只白狐似的两眼望着前方的某一点，嘴里念着佛。辰平大声说道：

“妈！下雪了！”

阿玲平静地伸出手来，朝辰平的方向挥了挥。仿佛在说：“回去！你快回去！”

“妈！你很冷吧！”

阿玲连连摇头。

这时，辰平发觉，周围连一只乌鸦也没有了。他心想，兴许是因为下雪，乌鸦都飞到村子里，或是都躲在巢里了吧。下雪真好啊！比起被寒冷的山风狂吹来，还是蒙在雪中不怎么冷吧。妈妈她会这么睡过去的吧。

“妈！下雪了，你运气真好啊！”

随后他又加了一句歌词：“上山那天……”

阿玲点着头，又朝辰平发出声音的方向挥了挥手，催促他：“快回去！你快回去！”

“妈！还真的下雪了啊！”

说完这句，他就跟兔子一般地快步跑下山去了。他心想，坏了楢山的规矩这事儿，也不会有人知道的。

当他来到本该空无一人的七谷的时候，却看到钱屋家的儿子正站在雪中，将背架从肩上卸下来。背架上坐着阿又，像个犯人似的被粗草绳捆绑着。

“啊！”

辰平不由自主地停下了脚步。

因为他看到，钱屋家的儿子正要将阿又从七谷那儿推下去。要将自己的老子推下被四座大山包围着的、深得如同地狱一般的山谷。——辰平的眼下正在上演的，正是这么一幕。

“这是要将他滚落下去呀。”

当辰平意识到这一点后，忽然想起了阿照昨天所说的话：“你要是不乐意，也可以不上楢山的，到了‘七谷’那儿，就可以回来。”

“原来他是在教我干这事儿啊！”

到这时，他才刚刚领会。

阿又昨夜逃脱了，可今天遭到了五花大绑。他根本不像个活人，而是像一口袋红薯似的滚落在一旁。他儿子用手推着，想把他滚下山去，可他却从横一道竖一道的绳子中间，伸出稍稍能够动弹的手指，死命地揪住了儿子的衣襟。他儿子将他的手指掰开，他又用另一只手的手指抓住了儿子的肩膀。此时，他的脚已经快要掉下去了。阿又跟他儿子就这么拼死争斗着。可从辰平这儿看去，他们就跟在不出声地耍闹似的。就在这时，只见那做儿子的抬起脚来，“砰”的一脚踢在他老子的肚子上。他老子便头朝山谷方向仰面朝天地倒了下去，又滚了两下，身子横着就咕噜噜地沿着陡峭的斜坡滚落下去了。

就在辰平要朝谷底下探望的时候，猛地从谷底下龙卷风似的升起了一股黑烟。仔细一看，原来是无数的乌鸦腾飞了起来。

“啊！是乌鸦！”

辰平感到十分恶心，不由自主地缩紧了身子。这些乌鸦“嘎——嘎——”地聒噪着，在辰平的头顶上高高地盘旋着。辰平心想，看来山谷下有乌鸦的老巢，下雪后乌鸦都躲进巢里了，而阿又掉下去时正好砸中了那儿。

不一会儿，满天乱飞着的乌鸦开始纷纷落回山谷了。

“要成乌鸦的美餐了吧。”

一想到这么多可恶的乌鸦就不禁发抖，可他转念一想，阿又掉到谷底的时候，恐怕已经死掉了。

辰平又朝钱屋家的儿子看去，见他想必也是见了乌鸦觉得十分恶心，此刻已经背起空背架，脚不着地似的跑了起来。

辰平望着那弓着的背，像一头狼似的狂奔着，心中暗忖道：

“既然要这么干，自然不用请人喝酒了。”

雪，越下越大。这会儿已成了鹅毛大雪了。辰平回到村子里的时候，天已经黑了。

“回家后，小女儿肯定会因为阿玲不在了而寂寞难耐的。”

他心想，要是她问“奶奶什么时候回来?”我该怎么回答呢?

来到家门口后，辰平首先站在外面张望了一下屋里的情形。

见屋里二儿子正唱着歌跟小女儿玩。

老婆婆呀扔到后山去
后山呀爬出螃蟹来

辰平心想，自己不在家的时候，孩子们已经谈论过阿玲的事儿了。他们已经什么都知道了，所以才翻来覆去地唱“螃蟹歌”。

爬来后也不让进门呀
螃蟹可不是夜哭鸟呀

这歌唱的是从前村里将老年人扔到后山去的事情。有一回，一个老婆婆被扔到后山去后，又爬回来了。家人一边嚷嚷着“爬来了，爬来了，像螃蟹一样爬回来了”，一边紧闭门户，不让她进屋。家里的小孩子还真以为是螃蟹爬来了呢。老婆婆在屋外哭了整整一夜。听到哭声后，孩子就说：“螃蟹在哭呢。”家里人觉得跟孩子讲不清，就骗他说：“哭的不是螃蟹。螃蟹是不会在夜里哭的。那是鸟在哭。”所谓的“螃蟹歌”，唱的就是这么个事儿。

辰平站在门口，听着“螃蟹歌”，心想：孩子们之所以老唱这歌，是已经知道阿玲不会再回来了吧。想到这儿，他觉得心里轻松了一些。

辰平将背架从肩上卸下来，掸了掸雪，正要开门的当儿，看到阿松正从堆房里走出来。她那个大肚子上扎着的腰带，就是直到昨天为止还扎在阿玲腰间的条纹细带。堆房里面，袈裟吉正盘腿坐着。他身上披着昨夜阿玲叠得整整齐齐的棉袄，身边放着个酒坛子，里面是昨夜来客们喝剩的酒。他像是已经喝醉了，正乐滋滋地眯缝着眼睛，歪着脑袋嘟囔着：

“运气真好啊。下雪了。奶奶的运气真好啊，还真的下了雪了。”

一副悠然自得、由衷感佩的样子。

辰平站在门口，用目光寻找着阿玉的身影，可哪儿也没找到。

辰平忽然长叹了一声，心想，岩石后面的阿玲这会儿要是还活着，肯定披着满身的大雪，念叨着“棉袄歌”吧：

不管怎么冷呀
也不让穿着棉袄上山哟

楢山节
老爸你快出来看呀
枯树又长新芽了
不能不去呀

背上背架

夏天最讨厌呀
路上不好走
蜈蚣加长虫哟
还有赤链蛇

榧树家的阿银呀
是个臭婆娘
包着头巾呀
抱着老鼠崽

“聋子晃”之歌
六根，六根哪
六根，六根哪
陪伴的人看似轻松
不轻松啊
肩上沉来
背上重
啊，六根清净
六根清净

东北的神武们

村东头有一尊大明神[1]，周边的树林自然就被叫作明神树林了。这个树林可是碰不得的，据说哪怕是捡一根枯树枝带回家，身上也会长出肿块，或是下半身会生怪病。从大明神的前面有一条笔直的道路直达村西头，路边的每户人家都像是专门照看它似的。

大明神十分凶悍，也很灵验，谁要是惹毛了他必遭报应，而“利口坊”地藏菩萨就不同了，人们为了找到一种名叫“利口坊”的蘑菇，常在那里祈祷、许愿。据说这蘑菇十分神奇，无论是谁，吃了它就能“利口”[2]。不仅如此，它还包治百病，哪怕是病得奄奄一息了，吃了它也准能多活三年。但是，这种蘑菇谁都没见过，甚至连它长什么样、是什么颜色的，也都一无所知。

然而，人们疑心村里最长寿的老婆婆——坚次家的婆婆是知道的。

1 译注：“明神”是日本对神明的敬称。

2 译注：变得聪明、机灵的意思。

“能活这么久，肯定是吃了‘利口坊’了！她明明知道哪儿有，可就是不说。”

这个老婆婆的大儿子和儿媳妇已经先她而去了，就连两个孙女也死掉了，由此看来，正如她自己所说的那样，她确实不知道利口坊长在哪儿。也就是说，到了这会儿，她的嫌疑才终于洗清了。在此之前，她一直遭受着人们的嫉妒和怨恨，说她是个“明明知道，可就是不说的黑心老太婆”。

利助家有五块水田、四块旱田，在村里也算是个大户了。不过所谓的“块”也并非都是一段步[1]的，由于有斜坡或小河分割，也有将五亩[2]算作一块的。仁作是利助东边的邻居，与利助同岁，可他家只有五块旱田。只要一说起“五块旱田”，就是指仁作家，因为村里只有他家没有水田。

仁作家原本是村里最大的地主，共有十三块田地，可在他爷爷辈的那会儿，分作了两家，田产也被分作了两份。当时，他们家遭到了全村人的嘲笑。因为，他爷爷跟儿媳妇搞上了，带着她分出去另过了。老头带走的，就是那十三块里的五块旱田。留下他的老婆、儿子，看到他在田里干活儿，就“偷地贼！偷地贼！”地骂，看到儿媳妇在河里洗东西，就故意跑上游去洗粪桶，想方设法地恶心他们。

可老头并不在乎，还说什么“你们不也什么都干得出来吗？”——似

1 译注：也称“反步”，是日本计算土地面积的单位。具体大小在各个时代有所不同，江户时代以 3 尺 1 寸见方为一步，明治时代则以 3 尺见方为一步。30 步为一日亩，10 日亩为一段。

2 译注：指“日亩”，为一段的十分之一，约合 1 公亩（100 平方米）。

乎还挺宽宏大量的。

村里人安慰他们娘儿俩说：

“没事儿，等他们俩死翘翘了，地也就拿回来了。”

可他们娘儿俩还是一个劲儿地指着人家的脊梁骨骂“偷地贼”。

后来那个儿媳妇怀孕了，他们娘儿俩就上门去坐着，一边破口大骂，一边劝老头回家。

可老头只说了句“不用你们管”，就不理他们了。

但他们娘儿俩还是赖着不走，说：

“阿爹，你什么时候回家都成，不过那野种一定要搞掉。”

老头却说：

“女人没个后代不行啊。”

尽担心那儿媳妇的将来了。

村里人也都惊呆了，说：

“真是绝了嘿！这种荒唐事儿，不要说见过了，连听都没听说过啊。”

结果儿媳妇生下一个男孩儿，那就是仁作的爹。

村里人甚至当面调侃道：

“这五块地，再也不分开喽。”

而直到三代之后的今天，他们娘儿俩每次经过这五块旱田都会说：

“这田，是我们家的。”

仿佛成了口头禅了。

利助和仁作在村里都被叫作“光棍”或“神武”，不被当作正经人看待。这里所谓的“光棍”，是指老大以外的老二、老三等小子。在这儿，只有老大能娶上老婆，老二、老三们是不能成家的。所以“光棍”也就是“田里干活儿的”或“混吃等死的光棍”的意思。虽说村里的旱田、水田加起来，共有一百六十块，却各有主人，归二十二家人家所有。倘若再多出几家人家来，那就跟两匹马在一个草料桶里抢食没什么两样了。

从前，老二、老三也都是能娶老婆的，结了婚也住在家里，可据说后来孩子越来越多，“连屋脊上都冒出小屁孩儿来了”。那时，就出现了流传至今的“明神树林闹鬼哭”的事儿。就是说，大明神周边的树林里，整夜整夜地传出怪声。最后，树林子发着女人哭喊似的“嘤——嘤——”声，抱着大明神一起移动了。原本大明神是在村子中央的，一移就移到了村东头，也就是现在的地方。据说那年还闹起了大饥荒，水田、旱田里连一棵青绿色的庄稼也没有。打那以后，老二、老三们只要一娶媳妇，明神树林里就会传出“嘤——嘤——”的哭声。于是就不让他们成家了。

谁家生下了老大，大伙儿会去串个门，打个招呼，说一声：

“把传宗接代的抱出来看看吧。”

可要是听说生了老二、老三，就只会说一声“不就是个光棍吗”，连门子都不串了。

要是生下了女孩，则又会说：

“是个闺女呀，可喜可贺。”

还肯定会前去祝贺。因为女儿要嫁就嫁别人家的老大，要是生多了，还可以卖到别处去。所以，生女儿就是一件求之不得的大好事。

光棍们管自家的户主叫“阿爹”，即便是自己的大哥继承了家业，也管他叫阿爹。要是大哥死得早，家业就由“小老大”，也就是光棍的侄儿来继承。这时，光棍也管侄儿叫阿爹。于是就会出现小孩子成阿爹的现象。而一旦成了阿爹，就必须马上生自己的继承人。要不就麻烦了。不仅是他们家里麻烦，还让全村人都为之担心。因为，要是阿爹还没生出继承人就死掉了，就得让老二，也即原来的光棍当阿爹了。由于在此之前一直拿他当作“田里干活儿的”看待，猛地要尊他为阿爹，不仅他家里人一下子磨不开脸，还得让全村人都要改变对他的态度，所以极为麻烦。

与老大不同，光棍们从小到大都是不讲究穿着打扮的。那是为了远远一看就能将他们与阿爹或老大区分开来。因为人们对于光棍和老大，从所用的语言到应对之法，都是截然不同的。一旦弄错了，可就叫人下不来台了。尤其是当阿爹和光棍是兄弟的情况下，年龄相差不大，模样长相和行为举止也都相仿，就更容易搞混了。因此，光棍们是不准剃胡子的，头发也任其疯长，乱蓬蓬的。光棍之所以又被叫作“神武”，就是因为他们的模样有几分画像上神武天皇[1]的“风采”。

全村的光棍之中，又数利助最被人瞧不起，最讨人嫌。利助的嘴里会放出一股臭味，要是正儿八经地跟他说话，只要他一呼吸，别

1 译注：日本第一代天皇，天照大神的后裔。传说他从九州率军东进，平定了大和地区，于公元前 660 年在大和的橿原宫登基。为日本开国之祖与天皇之起源。而在自古流传下来的画像上，他留着较长的头发和胡须，给人以不整洁的印象。

人就想吐。可见他的嘴臭有多么厉害。所以跟他说话时，谁都会将脸扭向一旁，或者用手捂住鼻子。村里人在说到他的时候，都说“那个烂货”。

本来，“烂”是指“烂病”，也即麻风病。尽管利助只是嘴臭，身上没有腐烂的地方，却也被人当作麻风病人一般，唯恐避之不及。

三角屋的阿爹久吉的去世，对于村里的光棍们来说，可是一件惊天动地的大事。因为久吉临死前留下了一个遗言——让老二、老三也能做一件原本只有老大才能做的事。

从这年开春起，三角屋阿爹久吉的脸色就越来越难看，到了夏天，干脆就一病不起了。水米不进，人瘦得像一副枯骨。他是在秋分会[1]正中间的那天死的，而在刚进入秋分会的那天，他对老婆阿颖说了那个令她背上可怕包袱的遗言。

“这个三角屋，是块报应很重的地方啊。现在，种着松树的那儿，原先是个库房。我现在难受得不行，却又老断不了气儿，就是那库房在作祟。很久以前，我杀了那条大母狗。那是因为我在一个下了雪的早上，看到有人的脚印，一直通到狗屋里。我这才知道，原来母狗每晚都叫，是有光棍来搞它。要说光棍们也可怜，可这样那只母狗也可怜不是，所以我才把它杀了。到那时我才发觉，原来那狗屋，就是盖

1 译注：原为佛教道场之一。秋分日加上前后各三天，共七天。内容以念经和上坟为主。在此仅指该时间段，与法会无关。

在原先库房那地儿上的。以前有个光棍，每晚都溜进那库房，搞我的妹妹，把我妹妹的肚子都搞大了。后来他被我阿爹打死了。据说我阿爹用粗木棍打他的时候，那光棍跳得老高，在库房里乱窜，还不断地求饶。可我阿爹还是将他打死了。那个库房被拆后，我在那儿盖了个狗屋。当时我知道打死光棍的事儿啊。后来光棍会来搞母狗，就是那个被打死的光棍冤魂附体的缘故。我是要赎罪的。我现在这么难受还死不了，我阿爹以前也这样，也是难受得不行却断不了气儿，都是那个光棍在作祟啊。一定要赎罪的。我死后，你要把全村的光棍们，一个个地叫来，让他们每人都做一夜新郎官。在他们身上做些功德，就能为死去的阿爹赎罪了。要不然，我们家就世世代代都会遭到光棍的报应。只一个晚上就行，让光棍们都做一个晚上的新郎官。这样，死去的阿爹就能超度了。要做功德啊。”

他是在秋分会的正中那天死掉的，到断气为止，他一直在说：

“求你了。求你了。”

他老婆阿颖则回答他道：

“你就放心吧。”

直到他断了气，脸色“唰”地变白，他老婆阿颖还擦着他脸上的油汗，边哭边喊道：

“我一定会为你赎罪的。你放心走吧！”

嗓门之大，像是要让这话音一直传到黄泉路上，好让死鬼放心似的。

就在办完丧事的第七天，住在村西头的一个光棍——今年已经六十一岁的文平，被阿颖接到家里，过了夜。

第二天早上，文平就悄悄地将这事儿告诉了全村的光棍。

“三角屋阿爹有遗言，让我们都做一夜新郎官呢！”

光棍们手舞足蹈，四处奔走，相互通告。

东边的邻居仁作来咬耳朵时，利助听得心怦怦直跳，喉咙口像是很急地敲起了警钟，又像是被人用筷子扎着了似的，一阵阵地疼痛。

“哦，是这样啊。”

他重重地点了点头。

仁作与利助同年生，今年都是三十六岁。

利助立刻说：

“去文平神武那儿吧。”

说完，就跟仁作一起撒腿跑去了。他们心想，只要跑到文平家的地里，就准能找到他。到地头一看，果然不出所料。

只见文平正晃荡着两条腿，坐在上面一块旱田的田埂上。十几个光棍，正站在下面的一块旱田里，热火朝天地嚷嚷着。

利助对着文平问道：

“咋样啊？”

由于文平已经说过好多遍了，所以他只是笑着晃荡两条腿，不回答。

突然有人从一旁怒吼道：

“闭嘴！听着吧！”

一看他的脸，原来是阿常。

利助心想：“这个讨厌的家伙也来了。”于是就不吭声了。

原来，利助昨天刚跟这个阿常吵了一架。

昨天，利助在自家的水稻田里发现了一个已经开始腐烂的婴儿。

“是谁扔这儿的呢?”

利助很生气。前一阵子谁家有大肚子呢?一想就想到，只有阿常家的阿姐[1]和敬次家的阿姐，除此之外就没别人了。

“准是阿常那小子扔的。”

想到这儿，利助先去敬次家问了问。

敬次家里只有阿金婆一人。利助抱怨道:

“把胎儿扔我家田里，怎么能这么干呢?”

阿金婆立刻回了一句:

“没有的事。好好地埋在坟地里了。”

利助问:

“啥时候埋的?”

阿金婆上下晃着脑袋，答道:

“有十来天了吧。是我拿去埋的。”

利助一声不吭地就回来了。因为，看阿金婆的眼神就知道，她没说谎。那一准儿就是阿常那小子扔的了。

接着他又去了阿常家，抱怨道:

“把胎儿扔我家田里，怎么能这么干呢?”

他家阿爹说道:

“阿常扔你那儿去了?浑蛋!我明明是叫他埋坟地里的嘛。”

1 译注：此指“阿爹”的老婆。

阿姐在一旁说道:

“真是个浑蛋!我最讨厌你那个弟弟了。”

阿爹说:

“阿常那小子回来后,我就叫他去你那儿了结一下吧。”

既然人家道了歉,利助也就只好回家了。到了傍晚时分,阿常来到利助那儿,可嘴里却不干不净的,说得很难听。

“不就是烂货的田吗?我是想有你那股子烂味儿,能烂得快点,才特意扔你田里的。你还得谢我呢。”

利助反击道:

“不要!这种肥料,我才不要呢!”

随即又大声地说了一句:

“他可是你弟弟哦。”

阿常懊恼地说道:

“又不是我的儿子。”

利助也不肯服输,他挖苦道:

“以为是闺女,结果生了个小子,是不是?活该!”

阿常说:

“下一个要还是小子,还扔你那烂田里。”

利助说:

“这种肥料,我才不要呢!”

昨天才这么大吵了一架,今天一见面,阿常显然还憋着火,于是就挑衅似的扯着嗓门乱叫。不过现在利助就想听文平说昨晚的事,所以就没再吭声。

文平坐在上面一块旱田的田埂上，晃荡着两条腿，脸上尽是皱纹，张开大嘴，笑道：

“怎么说呢?脸蛋子可没掉下来[1]哦。我说，我这边的脸蛋……”

他用右手掐着右边的脸蛋，说道：

“飞到对面的山上去。”

说着他就用右手做了个把什么东西摔向东面山上的动作。

“这边的脸蛋，飞到那边的山上去。”

说着又用左手做了个把什么东西摔向东面山上的动作。

利助是从半截听起的，所以听了个一头雾水，根本不明白他在说什么。想要问一下，可见阿常在一旁横眉冷目，一副凶巴巴的样子，也就作罢了。

当天晚上，住在文平隔壁的四郎，受到了阿颖的邀请。利助看得真真儿的。因为要去三角屋，就必得打利助家的前面经过。利助睡觉的房间，在春松的隔壁。这春松是利助家养着的一匹马。马棚也在屋里，利助的房间与春松的马棚，都在土间的东侧，紧挨着，中间只有一板之隔。阿爹他们则睡在土间的另一边。利助的房间位于大道一侧，春松的马棚则位于里侧。

那天晚上，利助早早地就给春松喂过了夜饲料。他将前门开了一条缝儿，天一黑，就透过杉树枝之间空隙，聚精会神地朝外窥探，想

1 译注：“脸蛋子掉下来”是日本谚语，表示异常好吃。相当于我国南方方言里的“好吃到眉毛都掉光了”。

看看今夜到底是谁去三角屋。

天黑后过了许久，应该说，夜已经很深了，利助看到，三角屋的阿颖从东往西走去了。利助的心怦怦直跳，喉咙口像是很急地敲起了警钟，又像是被人用筷子扎着了似的，一阵阵地疼痛。

随后，就响起了一阵“吧唧吧唧”的脚步声。原来是阿颖飞也似的跑回东边去了。过了一会儿，又看到四郎飞也似的朝东边跑去了。

利助嘟囔道：

“哦，是这样啊。”

重重地点了点头。他明白了，这事儿是按照由西往东的顺序来的。其实利助在白天里就已经觉得肯定是这样的了。因为，既然住在村西头的文平头一个被招了去，就应该是这样的顺序。果然不出所料。这么说来，利助应该就是第九个了。虽说从村西头到利助家只有八户人家，哪家都有光棍，但第三家有兄弟两个光棍，所以他就是第九个。

第三夜也是到了很晚了，阿颖才往西边去。利助的心怦怦跳，喉咙口像是被扎着了一样，疼痛难耐。

没过多久，就响起了“吧唧吧唧”的脚步声，阿颖飞也似的回东边去了。又过了一会儿，村西第三家的驹吉，就飞也似的朝东边跑去了。

利助嘟囔着：

“哦，是这样啊。”

重重地点了点头。

驹吉是他家兄弟神武中的哥哥。可见利助的猜测丝毫不差。毫无疑问，自己一定排在第九个。

然而，奇怪的是，利助等了一夜也没见驹吉回到西边去。

“啥时候回去的?”

利助百思不得其解，担心了起来。他的心又开始怦怦直跳，喉咙口也像是被什么东西扎着了。

第四个，果然是第三家的弟弟阿贞——也是飞奔而去的，也没见他回去。

天亮后，利助算准阿贞在田里干活儿的当儿，就跑了过去。他心跳得不行，大声说道:

“昨晚，去了吧。”

“啊，去了。”

阿贞也大声地回答道。

“啥时候回去的?”

利助这么一问，阿贞那小子居然转移了话题。

“那个洞洞，是在很靠下的地方。”

利助吓了一跳，两眼瞪得溜圆。他嘟囔道:

“哦，是这样啊。”

重重地点了点头。

这下子就清楚了。轮到自己的时候，就不会像阿贞那样出洋相了。利助放心了。

不料阿贞那小子又说另外一件事。

“要从一数到一千哦。”

利助没听明白，不过他又嘟囔道:

“哦，是这样啊。”

重重地点了点头。随即阿贞就加以说明了：

“就是说，阿颖来接的时候，是不能跟她一块去的。”

利助嘟囔道：

“哦，是这样啊。”

重重地点了点头。这下子就很清楚了。不过他来是要问阿贞啥时候回去的，结果把这事儿给忘了。可不管怎么说，利助很高兴，觉得自己什么都搞明白了。

当天夜里，利助将大门开了一条缝儿，透过杉树枝的空隙，看到阿颖朝西边去了。不一会儿，就响起了“吧唧吧唧”的脚步声，阿颖飞也似的回东边去了。她的头发摔乱了，衣服下摆也撩了起来，在一片尘埃中慌乱地奔跑着。这晚的风很大，尽管大门只开了很窄的一条缝儿，可还是有沙子吹进来，扎进了利助的眼里。

“啊呀！”

利助忙不迭地开始数数。很快，他就从一数到了一百。于是他就扳起了一根右手手指，随即又很快地从一开始数。就这么着数了十回，也没见第四家的邦平跑来。利助马上重新开始数。刚数到一百的时候，外面响起“吧唧吧唧”的脚步声，只见邦平跟飞也似的朝东边跑去了。

利助嘟囔道：

“哦，是这样啊。”

重重地点了点头。他明白了，应该数慢一点。

那天晚上，他也没见邦平回去。

早晨，算准了邦平在田里干活儿的当儿，利助跑了去。

“喂，去了吧?”

他确认道。

“嗯嗯。”

邦平神武小声说道:

“不行啊，不行啊。抖得厉害。完全不行啊。”

利助吃了一惊，问道:

“那么难弄吗?”

邦平道:

“一定要大着胆子，哆哆嗦嗦的，不行啊。记住。”

利助心想：看来腰腿上要使劲，绝不能哆哆嗦嗦。随后就问道:

“你啥时候回去的?”

邦平似乎没当一回事儿，回答道:

“很快就回去了呀。新郎官的事儿一做完，就立刻被赶出来了。”

利助嘟囔道:

“哦，是这样啊。”

点了点头。被赶出来估计是真的，可没见他回去啊。于是利助又问道:

“你啥时候回去的?”

“很快呀，很快就被赶出来了呀。”

说来说去就这么一句，看来只有他自个儿心里明白了。反正，是被赶出来的。

利助嘟囔道:

“哦，是这样啊。”

他点了点头，就回去了。

在田里干活儿的时候利助也在想：“说是被赶出来的，可又没见他回去，这是咋回事儿呢?”他百思不得其解。随即，又转念道：“反正是新郎官完事儿之后被赶出来的，也没啥关系嘛。”他放心了。

那天晚上，利助也是看到阿颖先是往西边去，没过多一会儿，就响起“吧唧吧唧”的脚步声，飞也似的回东边去了。

利助马上开始数数，可还没等他数到六百，排在第六位的春永就飞也似的朝东边跑去了。

利助嘟囔道：

“哦，是这样啊。”

重重地点了点头。他知道，要再数快些才好。

早晨，算准了春永下地干活儿的当儿，利助就跑去询问。看到利助过来，春永主动跑了过来，并大声嚷嚷道：

“知道了!我知道了!”

他就是这么边嚷嚷着边跑过来的。利助的心怦怦直跳。

“他会原原本本地告诉我。”

他心想，春永肯定也是一直困惑着的。

春永来到利助的身边后，张开双手说：

“是谁把仁作家女娃的肚子搞大的，我知道了!”

他嚷嚷道。利助大吃一惊，差点摔一跤。

“谁?是谁干的?”他追问道。

“是后屋家的阿爹。”

“啊?!”

利助又是大吃一惊。

虽说仁作家的女娃，也就是仁作的妹妹，被人搞大了肚子已经是三年前的事儿了，可直到现在也不知道到底是谁干的。都说肯定是村里的哪个光棍干的。如今知道了是后屋家的阿爹干的，想必所有的光棍都会惊得合不拢嘴的。

有个商人，三年一次，必定会从北面的山那边过来，无论什么事都能与他商量。没了他，想卖女儿的人家也卖不成。

三年前，要卖仁作的妹妹的时候，那商人就说：

“这女娃，恐怕连半价都卖不上呀。”

“这是啥话呢?咋会这样呢?”

仁作家的人可生气了。可是，检查一下女娃的身体之后，果然发现肚子有点凸。

“就半价吧，求你了，把她带走吧。”

仁作家恳求了半天，商人终于答应了，成了他们家的恩人。因为仁作家不比别家，他们跟商人还有药材和盐方面的生意。当时，仁作的妹妹死也不肯说出那男的是谁，可在商人这次来的时候，却托他带了个口信来。说的就是那男的的姓名，也就是后屋家的阿爹。今年，轮到春永家卖女娃，所以商人来了之后还没去仁作家捎口信，就先住在他们家了，结果就将这个秘密当众说了出来。虽说今天一大早，商人就去仁作家报信儿了，可由于在这三年里，神武们都被摊上了嫌疑，现在得知还是春永最早知道了真相，一个个的全都兴奋不已，嚷嚷不止。

后屋家位于大路的南边，有一条小路从大路直达到其门口。后屋家的阿爹经常在办丧事时替人念经，村里有了纠纷，也都请他去摆平。平日里，他从不说下流话。再说，他自己也是有阿姐的，怎么会去把仁作妹妹的肚子搞大呢?所以利助听到后，就不由得他不吃惊了。

在田里干活儿的时候，利助就心想，这事儿还得去问仁作，问了也就知道了。于是他就跑到仁作的地里去了。

“这下可好了，总算明白了。”

听他这么一说，仁作道：

“阿爹跟商人一起去了后屋，正掰扯着呢。”

“这下可好了。”利助又重复了一遍。

仁作道：“还有人说是我干的呢。我阿爹也这么想的，还觉得家丑不可外扬，这才忍下这口气的。”

利助心想：“好啊。这下可好了。”

事实上由于利助就住在隔壁，所以还一直担心会不会冤枉到自己。要真被冤枉了，自己又说不明白，那可真是跳进大海都洗不清了。

现在好了，利助总算放心了。他说：

“后屋家的女娃才十来岁，要过五六年才顶得上你妹妹呢。不过，到时候肯定会让你家阿爹做主卖掉的。”

仁作道：“嗯，就跟藏在我家的壁橱里差不多了[1]。”

1 译注：表示十分牢靠的意思。

说完，仁作突然跑开了。像是田地对面，他阿爹和商人从后屋家出来了。

仁作跑过去像是跟他说了几句话，很快又跑回来了，说道：

“说是那家伙死也不肯招供，只是一个劲儿地说‘对不住了’。”

于是利助就附和道：

“这么说来，他家的女娃也就跟藏在你家的壁橱里一样了。”

那天晚上要去阿颖那儿的第七家的神武，虽说也在利助家的西边，可位置偏南，另有近道可走，所以没从他家门前经过。

早上，利助又跑去问了。

“喂，昨晚你去过了吧。”他确认道。

“嗯，没多大意思。”

没想到得到的竟是这样的回答。

利助嘟囔道：

“哦，是这样啊。”

他点了点头，立刻转身离去了。

“这种家伙说的话，鬼才当真呢！他，还有他家里的人，嘴里都没一句实话。”他心想。

利助紧紧地攥起了拳头。

“他名叫作太，别人却叫他吹牛阿作，所以说，这种家伙的话，鬼才信呢！”

利助像是被人愚弄了、被人欺负了似的，心里不得安生。今晚的家伙完事儿后，明天就轮到他了。他甚至觉得不是快要轮到自己了，而是“已经轮到我了”。可是，刚才听吹牛阿作说了那么败兴的话，心里就七上八下的，不想跟任何人说话了。

其实，自从利助开始在晚上偷窥阿颖招光棍回家起，他在家里就一句话也不说了。

利助的阿爹——也就是他哥哥，注意到利助近来不说话了，就觉得有什么不对头。

那天，吃午饭的时候，他就问利助道：

“最近，你有什么不舒服吗？”

“我没什么不舒服呀。”利助听得很清楚，可这话他只是在心里想的，并没张口出来。他心不在焉的，以为自己已经说出来了。

午饭后，他那个东边的邻居仁作跟他说：

“明天就轮到你了，可要先喝几个生鸡蛋哦。”

利助没吭声，径直朝鸡窝跑去了。朝鸡窝里一看，见有三个鸡蛋，他一把将三个鸡蛋全都掏了出来。他先将一个鸡蛋在鸡窝的屋顶上磕破了，然后仰着头，将鸡蛋液倒入口中。有一些鸡蛋液从嘴边漏了出来，他赶紧将其抹到嘴里，咽了下去。第二个鸡蛋也在鸡窝顶上磕破后喝了下去。第三个鸡蛋原本就已经破了，他只得捧在手掌心里，避开蛋壳，一口口地嘬。

那天晚上，仁作的阿爹过来说，村里最长寿的老婆婆，也就是坚次家的阿婆快不行了。说是那阿婆傍晚时分突然脸色刷白，浑身发抖，像是马上就要死掉了。

“那就得赶紧做棺材了。”利助的阿爹说道。

因为，这次村里办丧事的话，轮到仁作和利助这两家负责棺材了。村里有规矩，每逢丧事，就由两家刨墓穴，两家扛棺材，排着班来。

当天晚上，阿颖要招的第八位新郎官，是住在利助家西边的邻居“大眼”。那小子比利助年轻，才二十五岁，跟利助也最不对付。平日里，一见面他就瞪起两个大眼珠子，“烂货”“烂货”地骂。

这天晚上，利助也早早给春松喂了夜饲料，天一黑，就盖上被子睡觉了。可他一整夜都没怎么睡着，净听着“大眼”和阿颖那来来回回的脚步声了。

“哦，刚才他过去了！”

每当他从朦胧中清醒过来，都会这么想。

天一亮，他就起床了。他心里想的是：

今天轮到我了。现在只有一件事可担心，那就是，不知道坚次家的阿婆什么时候死。因为那个阿婆一死，就得给她做棺材了。要是我午饭前到地里去干活儿，阿婆却在中午死掉，那可就麻烦了。因为，就算我赶在下午把棺材做好了，万一阿爹看了说“这儿还不行，得返工”，可就耽误事儿了。做棺材这事儿，阿爹就指望着我一个人呢，这是明摆着的。虽说这棺材是跟仁作家一块儿做的，可仁作的手脚太慢了，再怎么赶，也得花半天的工夫。而阿爹又是极有可能说“返工”的。因为，他压根儿就不知道今夜轮到我去三角屋啊。

然而，坚次家的阿婆，这天早上却比谁起得早。昨晚她哼哼唧唧的，一副马上要断气儿的模样，可今天一大早就叠好了被褥，端端正正地坐在那里了。

她家媳妇问道：

“咦?阿婆，你没死啊?”

阿婆急忙摇了摇手，答道：

“还没呢。还没呢。”

说罢又快速地摇了摇头。

“看样子，两三天内还死不了呢。”

听那口气，似乎她自己也挺失望的。

她家媳妇说道：

“要不，你就躺着吧。”

阿婆又急速地摇起手来，说道：

“跟病人似的，我才不要呢。”

随即她又低声说道：

“这么着吧，我来把这儿归置归置，什么时候有人来了，也好有地方坐啊。”

说着，她就伸出手去，将散乱在那儿的小孩子腰带收拾到角落里去了。

利助今天要干的活儿是去田里赶麻雀。只要坐在田埂上，时不时地朝稻田里扔几颗石子就行了。他心想，这活儿有什么要紧的，还不如早点把棺材整治好呢。可要是阿爹开口说了“下田去!”，他也就做不成棺材了。

其实他倒是拿定了主意，不管阿爹说什么今天也要把棺材做好。可是，要是为了这个跟阿爹吵起架来，又万一被前来迎接的阿颖看到了，那可就尴尬了。

要不这样吧，既然自己想到了这事儿，那就要让阿爹也觉得必须在今天把棺材做好。

于是在阿爹吃早饭的时候，利助站在杉树那儿大声地说了一句：

“坚次的阿婆怕是不行了！”

随后，他就马上开始动手拼装起棺材来了。

他心想：就不用仁作帮忙了。那家伙干起活来笨手笨脚的，只会添乱。只要自己干麻利点也就行了。

棺材框子，可以用去年晒稻捆时的木棒加工而成。只要用刨子将圆木棒刨出四棱角来就行了。木板也是现成的。

很久以前，仁作的阿爹就说过：

“这些木板，就用来做下次的棺材吧。”

现在应该都堆在仁作家西墙的屋檐下。

利助跑到仁作家，连招呼也不打一个，就搬运起木板来了。

仁作跑了过来，说道：

“坚次家的阿婆，身体又好了！”

利助心想：“谁知道她什么时候会死呢。”也不答话，径自把木板搬回家去了。

用作框子的圆木棒也搬来了，可他不知道截多长才好。

“太小了，得重做！”

要是被人这么说，可就不好了。他心想，照着自己的身高，再稍稍放长一点来做，应该差不离吧。

利助将木棒竖起来，跟自己比了比高度，在比自己的脑袋高出一点的地方捏住，正要下锯子的时候，他又想：“猫死了，不是会长出许多来的吗？”

于是他就将手握的地方又往上移了一点，用锯子锯断了。同样长度的木棒一共锯了四根。然后他又十分仔细地将其刨成了四棱形。在安木板的时候，他考虑到要是脱底了可就麻烦了，所以专挑厚一些的木板做棺材底。

到了吃午饭的时候，棺材就基本上做好了。木板上还有些发黑的地方，再用刨子削一下，就大功告成了。利助是在阿爹吃过了之后才吃午饭的，他正吃的时候，阿爹看着靠在春松马棚墙壁上的棺材，大声说道：

“漂亮。做得真漂亮啊。”

利助怕他说出要返工的话来，也大声地应道：

“还得再刨一下呢。”

阿爹又说道：

“好漂亮的棺材啊。简直太漂亮了。”

随即又有些抱怨似的说道：

“剩下的活儿，就让东边那家去干吧。你还是去赶麻雀吧。”

见他心情不太好，利助就放下了饭碗，赶紧跑到杉树那儿将棺材扛到了仁作家，在其屋檐下放置好了之后，才回家来继续吃饭。

吃过了饭，利助去鸡窝那儿瞄了一眼，见今天只生了一个鸡蛋。他将鸡蛋掏出来，刚要下地去，阿姐也过来看鸡窝了。

“怎么搞的，昨天、今天一个也没有。”

她嘟嘟囔囔地抱怨道。

这个所谓的“阿姐”，其实就是阿爹的老婆。利助的阿姐心眼很坏，她不将春松喝剩下的水泼在地上，而是故意泼在它的鬃毛上；也从不把利助当人看，经常“烂货”“烂货”地叫他。要利助做事的时候也不开口喊他，总是来到他身后，在他背上用力掐一把。时间一长，这就成了她要利助做事的信号。由于她生性刁钻，所以每次都掐得利助生疼，让利助不由得心头火起。不过利助清楚，要是跟阿姐干架，准会被赶出家门。所以，他尽管有时会跟阿爹干架，却从不跟阿姐干架。也就是说，他拿阿姐一点办法也没有。

阿姐还极不愿意跟利助说话。有时候利助有事找她，问她什么事儿她都不回答。于是利助也只好默不作声地待着。可他一靠近阿姐，阿姐就会大叫：

“臭死了！躲远点！”

要是她当时手里拿着擀面杖，就会用擀面杖将利助撑开。有时候，利助只想跟她说事儿，没打算靠近她，反倒是她主动靠近利助的，可即便这样，她也会大叫道：

“臭死了！躲远点！”

吃过了午饭，利助就下地去了。此时太阳还老高呢，他捡了一些石子过来后，就坐在了田埂上。今天的活儿其实只要时不时地扔一颗石子就行了。可是，他“啪——”“啪——”地扔了好多颗石子，太阳也还是老高老高的。

西边的山跟东边的山，相距有一里[1]远。北面的山近在眼前，山坡上有竹林的地方就是村里的坟地。南面的山则在他的背后。

他心想：“等太阳落到了西山之下，天黑了，阿颖就会来接

1 译注：这里的“里”是日里，1 日里 =3.927 公里。所以在闭塞的山村居民眼里，还是比较远的。

我了。”

利助又朝梯田的田埂上“啪——”地扔了一颗石子，惊起了两三只麻雀，朝对面的田地飞去了。

“等天一黑，只要早早地给春松喂了夜饲料，也就没事儿了。”

然而，当天晚上，却等了老长时间也不见阿颖来接他。他先是将大门开了一条缝，透过门缝朝外面频频张望，后来干脆跑到大门外，朝黑魆魆的东边眺望了起来。有时候刚刚回屋躺下，马上又觉得万一阿颖就在这当儿过来，于是立刻又去躲在门板背后了，结果折腾整整一宿，直到东方发白，天边微微发亮为止，也没将阿颖盼来。

“难道她病了?”

利助不由得担心了起来。这时，东边的邻居中似乎已经有人起床了，于是他就赶紧把门打开，自己则躺下后盖上被子，闭上眼睛，装睡。

阿爹来叫他起床时，他还继续装睡，直到太阳光都照了进来，他才决定起床。

利助今天要干的活儿跟昨天一样，也是驱赶麻雀。下地的时候，他今天特意去三角屋那边绕了一下。

远远地，他就看到了阿颖的身姿——尽管还隔着老远，他却一眼就认出来了。利助怕被阿颖看到自己的脸，赶紧右拐，朝自己的田地走去。

阿颖的样子跟平日里也没什么区别。她正站着在干什么活儿，不像是有病的样子。

突然，利助站定了身躯。觉得后脖颈子一阵发凉，像是被凉风吹着了一般。

“难道……就独独跳过了我一个?”

他心底不由得泛起一阵惶恐。

“要是这样的话，那么昨晚去的一定是仁作了吧。”他心想。

“好吧。那就问一下仁作吧。”

利助马上跑到了仁作家的地里。

仁作正在田里割粟子。利助走近后，他也没回头。于是利助就一声不吭地站在他的身旁。

过了一会儿，仁作说道:

“不知道今夜是轮到我了，还是……”

他停顿了一下。

“还是轮到你。”

听他这口气，他昨晚也没去啊。那么去的是谁呢?利助反倒吃惊不小。

利助像是十分生气地问道:

“昨晚，是谁去的?”

“昨晚可有点乱套了哦。居然是阿直去的!”

仁作似乎对此也十分震惊。那个阿直，就是直吉，他家在利助和仁作家的东边，不过在村子的偏北边。

“哦哦，是这样啊。”

利助嘟囔着，重重地点了点头。这下子他恍然大悟了。

他心想:“虽说直吉的家还在自己与仁作家的东边，可他家的田地跟三角屋的田地是连着的。所以说，让他先去，也是理所当然的。”

利助觉得自己的身上一下子就来劲儿了。

“今晚肯定轮到我了。”

他心里琢磨道。

“刚才仁作还说什么‘今晚是我还是你’什么的，我当然是在他前头了！这还不明白吗?从西往东排的嘛。”

忽然，他的心又怦怦直跳了起来，喉咙口像是被什么东西扎到似的，疼痛难耐。

利助又回到了自家的田里。然而，他却越想越担心。

“为什么偏偏轮到我的时候会打乱顺序呢?”

他忧心忡忡，甚至将赶麻雀的事儿都忘了。

“今晚要是阿颖再不来，说不定我就是被跳过了。”

他还想到：“我要是被跳过了，那今晚去的一准是仁作。”

利助一会儿坐、一会儿躺地，将这事儿在心里颠来倒去地捣鼓了一整天。

“我嘴里有臭气，死去的老妈还说我捂住了嘴，从鼻子里喷出气儿也是臭的，那我还能咋样呢?阿颖总不见得到现在还在乎这个吧?”

阿颖的心情，就是利助现在唯一的希望了。

当天晚上，利助卸下了一块门板，自己则待在屋里等阿颖前来。

“阿颖要是个可靠人，就一定会来的。”

他抱定如此信念，一心等候着阿颖的到来。可是，熬过了漫漫长夜，阿颖还是没来。

天，亮了。

“我被跳过了！”

这是明摆着的事了。

“哦，是这样啊。”

他心想。

“因为嘴臭嘛，这又能怨谁呢?”

他立刻这么开导自己。

“有什么好窝囊呢?”

他双脚使劲，极力支撑着自己。然而，挡不住垂头缩肩，脚上一使劲，反倒浑身哆嗦起来了。

利助冲出屋子，一口气跑到了地里。他一边跑，一边拽身边的稻穗。稻穗上尽是露水，湿漉漉的。被他这么一拽，就带着泥土连根拔了起来。他“砰”的一下将其甩得老远。

“这不能怪阿颖!”

他极力让自己这么想。

“都怪我嘴臭啊。”

跑到了自家的地头后，利助就呆呆地站在那儿。时不时地将稻子带着泥土连根拔起，扔得高高的。“啪啦啪啦”泥土纷纷落在他的头发上、脖颈子上。胸口憋得难受，可他强忍着。

利助跳进田里，来回奔跑着给自个儿打气。

早早地就钻入稻田里的麻雀，全都“呼啦啦”地飞了起来。

不过利助也在等仁作下地。他觉得还是得跟仁作核实一下。

“昨晚去的是仁作吗?”

要真是这样，则自己确实被跳过了。可要是仁作也没去，自己就还是有希望的，那么自己并没有真的被跳过。

“昨晚去的是仁作吗?”

这一点必须问个清楚明白。

利助朝仁作家的地里跑去。他在那儿一会儿梳弄着旱稻，一会儿嚼着稻叶，一会儿又将嚼烂的稻叶吐出来，直到仁作到来为止。

过了好长时间，才看到仁作走来了。

利助飞也似的跑了过去，确认道:

“昨晚你去了吧。”

“嗯嗯。”

仁作小声哼哼道，脚不停步地就从利助面前经过，朝自家田地走去了。

“有什么好憋屈的?”

利助在心里喊道。

“啊哈哈——”

他放声大笑。

“我没戏了。”

他朝着仁作的背影喊道。可仁作这家伙依旧一声不吭的，扛着锄头往前走。

“我才不想去呢!”

他又怒吼了一声。

他心想:“那小子要是敢说些什么，我就抹他一脸泥!”

仁作一声不吭地走着。利助望着他的背影发呆。

他心想:“平日里，村里的那些家伙老欺负我，只有仁作不欺负我。如今倒好，连他都觉得我被跳过是理所当然的了。”

“啊哈哈哈——”

利助大声笑着，自己给自己打气。

随后，他朝自家的地头走去了。他家的水田跟春永神武家的水田之间，有一条小溪。当他的目光落到这条小溪上时，不由得“啊啊——”地大叫一声，站定了身躯。

小溪对岸处凹进去了一块，像个洞似的，那儿竟长着一个从未见过的蘑菇！

“‘利口坊’！”

他跳过去，一把就将其揪在了手里。感觉很硬，跟木头似的，捏着都硌手。

“怎么捏着跟个陀螺似的呢？”

他有些失望，抹去泥土一看，果然是个旧陀螺。他觉得气不打一处来，“咻”的一声将陀螺扔出老远。

之后的一整天，利助都在稻田里四处乱跑着，精力充沛地驱赶着麻雀。

当天晚上他也将大门打开了一半，心想“万一……”，结果阿颖那婆娘还是没来。

第二天他下地后，算准胜庄下田干活儿的当儿，前去打探了一下。

“喂，昨晚你去了吧？”他确认道。

“呵呵。”

胜庄一副忍俊不禁模样。

利助立刻就明白了：这小子去过了！

可转念又想，他光是笑，还是不能确定啊。

“去了吗?”

利助又问了一遍。

不料，利助的裆里挨了一脚。就在他身子后仰着一晃荡的当儿，脸上又被抹了一把泥。

“浑蛋!”

他刚要发作，却立刻就意识到自己不能发火。虽说自己也觉得十分窝囊，可他还是忍了。胸中也舒畅了一点，觉得挨了这一脚，身上反倒来劲儿了。

这会儿，胜庄已经在前面割粟子了。

“踢吧，尽管踢。”

利助嘴里这么说着，来到胜庄的身边。他决定挨踢，也绝不还手。

可胜庄没踢。他停下了手中的镰刀，一声不吭地紧盯着利助。利助将右肩用力抵在胜庄的胸口，瞪起眼珠子来，说道:

“你踢。你尽管踢!”

胜庄还是不吭声。利助又说了一遍:

“你踢。你尽管踢!”

说着，肩膀用力顶了过去。胜庄一扭身，将利助闪到了一旁。随即，胜庄立刻爬上了上面的梯田，挥舞着镰刀，俯视着利助说道:

“怎么着?我去了，有错吗?”

利助心想:“哦，是这样啊。”

胜庄家在仁作家的东面，紧挨着。至此，利助彻底清楚，自己是没戏了。

这天晚上，还有第二天晚上，阿颖仍在招光棍去家里过夜，而利助则辗转反侧，备受煎熬。他觉得胸中憋屈得厉害，快要透不过气儿来了，只好在手上脚上运劲儿，硬撑过去。下稻田里去驱赶麻雀的时候，他也在手上脚上运劲儿，没命地奔跑。跑累了，喘不上气了，肚子里的恶气也就平息了几分。当他这股子蛮劲耗尽，疲惫不堪之后，就一屁股坐在田埂上，随即横身躺倒。

右边的旱田里，粟子穗低垂着；左边的水田里，沉甸甸的稻穗也歪着“脑袋”。有时候利助就跟躲藏似的躺倒在这两者之间。对面是连绵不断的群山，一眼望不到边。

“‘利口坊’就长在那山上的什么地方。”

一想到这个，他就觉得自己实在是太窝囊了。

他知道“利口坊”就在山上的什么地方，可到底在哪儿，又一无所知。他以前也上过那座山，一路上也十分用心地寻找过。可是，既不知道那玩意儿长什么样，也不知道是什么颜色的，所以根本就无从着手。即便有人找到过，也不会说出来的。

他心想：“我要是找到了，也不会告诉别人。每个找到的人也都会这么想的吧。可是，像我这样的‘烂货’，才是一定要找到的呀。”

利助以前也找过，可应该说，从未像今天这么觉得窝囊过。

“虽说蘑菇都出在秋天，可会不会唯独那玩意儿出在春天呢?”他又想：“说不定出在冬天呢?说不定要等冬天下了雪，它才会长出来。”

利助之所以要寻找“利口坊”，是因为事到如今，他已经没什么可指望的了。

“没错，就是要找到‘利口坊’。”

利助决定，首先重新去“利口坊”地藏菩萨那儿祈祷许愿。之前，每次在该地藏菩萨前经过时，他也会拜上一拜，并祈求地藏菩萨保佑自己能找到“利口坊”。不过今天应该诚心诚意、郑重其事地再去拜求一次。

于是，利助便特意走到位于村西头的“利口坊”地藏菩萨跟前，合起了双掌。

“一定要保佑我找到‘利口坊’!拜托了!”

他双手使劲合十求告道。

正好就在这个时候，三角屋的阿颖在村北头的坟地里，也在死去的阿爹坟前双手合十，向埋在地下的阿爹求告着什么。

“每天晚上我都照你说的那样，在赎罪了，可是，那个‘烂货’光棍，你就原谅我吧。只有那个‘烂货’光棍，我是死也不愿的。”

说是坟墓，其实也只是稍稍堆了些土，再在那上面放些石头，仅此而已。石头的后面，立了个新的塔婆[1]。

就在阿颖恳求“可是，那个‘烂货’光棍，你就原谅我吧”的当儿，一只硕大的黑蝴蝶飞到了塔婆的上方。

“咦?这个时候飞来蝴蝶?”阿颖大吃一惊。

她心想：“是阿爹死后变的吧，看它飞得那么开心，许是阿爹他

1 译注：原意为“佛塔”，此指尖顶的、形状很像佛塔的墓标。

一定很高兴。”

她自己也高兴起来了。

“啊，太好了!太好了!”

她放心了，心想：“阿爹在地底下一定很高兴。他一定同意了我的请求。他肯定在说‘那个“烂货”就别管他了’。”

随后阿颖又双手合十，说道：

“还有，每晚赎罪过后，我都叫光棍马上到你这儿来感谢。我想他们肯定都来了，要是有谁没来，你就告诉我。”

说罢，又俯首一连鞠了好几个躬。

利助向利口坊地藏菩萨祈祷许愿，叩拜完了之后忽然想起了一件事。

“坚次家的阿婆前一阵子快要死了，却又在一夜之间好了。”

他猛然醒悟：“对啊!那阿婆后来跟没事儿人似的，活得好好的，肯定是吃了‘利口坊’。”

想到这儿，他又觉得身上来劲了。

“那个阿婆一定是把‘利口坊’晾干后藏起来，偷偷地吃。”

利助的心开始怦怦直跳了起来。

“我要去求求她，让她告诉我。对了。我现在会突然想到这个，就是地藏菩萨显灵了啊。”

于是他便对着地藏菩萨斩钉截铁地说道：

“你放心，我绝不会说出去的。”

可这样的话，岂不是又要惹麻烦了吗?因为，要是吃了“利口坊”，自己的“烂病”好了，村里的那些讨厌的家伙就会想到“他是吃‘利口坊’了吧”。他们肯定还会紧盯着我说：“告诉我！告诉我！”那时我又该怎么办呢？我当然一口回绝，说“不知道、不知道”了。要不，也就对不住阿婆了。

对，就是这个主意。

“阿婆担心我说出去，也在情理之中。所以我一定要让阿婆相信，我绝不会说出去的。”

拿定了主意后，利助就急匆匆地上路了。

“要在没人的时候求她，不然的话，她是不肯说的。”

一边走，他一边还这么心中暗忖着。

利助朝东走去。坚次家还在三角屋的东边，或者应该说，位于村子的东南处，离南边的山很近。

利助走着走着就察觉到了一件事。这里位于村子的东面，明神树林的南面，而坚次的家又离南山那么近，这么说来——“‘利口坊’就在南山上！”

利助绕到了坚次家的背后，见他家的宅地果然连着南山。

“说不定在他们家，‘利口坊’长在那儿，是代代相传的。”

利助来到坚次家的后门口，朝里面张望了一下。发现拉门敞开着，屋子里静悄悄的。看来家里人都下地干活儿去了。

“赶巧了！”

因为阿婆是不会下地干活儿去的。

他悄悄地从后门溜进了土间，从敞开着的拉门朝房间里看去，见阿婆盖着被子，就躺在自己的眼前。

她睁着眼睛，望着天花板。

此刻，阿婆正处在弥留之际，作最后喘息的当儿。刚才，就在家里一个人都没有的时候，她第三次浑身发抖，现在抖动已经止住，正张着嘴喘气呢。

利助当然对此一无所知。他来到阿婆的身边，将双手放在阿婆的胸口上，求告道：

“阿婆，‘利口坊’在哪儿，快告诉我吧。我绝不告诉别人。”

阿婆的嘴动了动，像是要说些什么。

利助两手用力，按着阿婆的胸口，继续求告：

“阿婆，快告诉我吧。我绝不告诉别人。”

阿婆的嘴不动了。利助大声喊道：

“你一定要告诉我！”

阿婆一动也不动，跟石头似的。利助用力摇晃着她，却觉得她晃动起来也像一块石头。真是怪了！

他突然明白了：“啊！死了！”

他一转身跳到了土间，出了后门，一口气跑到了自家的地里。

“我干了蠢事了。这下可好，再也问不出来了。”

他觉得十分懊悔。

“要是早点问出来就好了。”

他为自己的愚蠢而懊悔不已。这下倒好，自己只能像没头的苍蝇那样上山去乱转了。阿婆也许会告诉坚次家里的什么人，可那人肯定打死都不肯告诉我。

坚次家的人从田里回来后，才知道阿婆已经死掉了。

“连啥时候死的都不知道，也没赶上给她嘴唇上抹水[1]。”

家里人这么说着，随后又去告知了全村。

当仁作和利助扛着棺材来到坚次家的门口时，前来帮忙的阿金婆就说：

“啊呀，好长的棺材啊。我死的时候，也一定要给我来这么一口，好让我舒舒服服地躺在里面。”

说着还用手指戳戳了仁作的肩膀。仁作觉得很有趣，就回了她一句：

“行啊。只要你在又轮到我们做棺材的时候死，肯定照这个样儿也给你来一口。”

正在土间里的坚次家阿爹听到后，也开玩笑道：

“我死的时候，拜托也来个同样的。”

客厅里的村民们全都笑了起来。坚次家的阿爹，其实就是坚次的侄子，还很年轻，才二十四岁。

后屋家的阿爹正在念经，阿直家的阿爹揶揄道：

“这经可真长啊。看来是上嘴唇长的人[2]，念的经也长啊。”

将阿婆的遗体放入棺材时，利助将手撑在土间后门柱子上，全神贯注地看着。他是想看有没有跟“利口坊”相关的什么东西放到棺材里去。在之后的吊唁和吃丧事饭的时候，光棍们是不能登堂入室的。

---

1 译注：日本旧时有给临终之人的嘴唇上抹水的习俗。

2 译注：日本俗语中有上嘴唇长的人好色的说法。这里讽刺后屋阿爹三年前把仁作的妹妹肚子搞大。

有人说：“有没有破布什么的，好塞住鼻孔和耳朵啊。”

坚次家的阿爹就四处找开了。找了一会儿没找到，他就说：

“什么都成吧?”

说着，他就跑到屋前的小河边，捋了一把芒草穗子下来，用手搓着跑回来，说道：

“什么都成啊。拿这玩意儿搓一搓，跟棉花也差不多嘛。”

说着，就将搓成一团的芒草穗子塞进了遗体的鼻孔里。

“那芒草可有点怪呀。”利助心想。

他立刻跑到屋前的小河边去观察芒草。只见那儿的芒草长得十分粗壮，几乎将小河两侧全都覆盖了，简直就像是有意将河岸遮掩住。

利助心想：“说不定，‘利口坊’就长在这儿呢。”

他将手探入芒草根部，扒开茎叶仔细察看。见线一般细的白色根系像一把长针似的延伸着。

利助用手就在那儿挖了起来。

这时，恰好前去刨墓穴的人回来了。利助跟他们借了锄头，将芒草连根刨了起来。他用心检查了芒草根和挖出的坑，一无所获。

在吊唁结束回家的路上，有人说：“下次，就要吊阿金婆的唁了吧?”

大伙儿都笑了。阿金婆还跟他们一块儿走着呢。她今年六十五岁，播种的时候摔倒了，后来又恢复了。今天就她起劲，跟做自己家事儿似的，十分用心地帮着坚次家办丧事。

她说道：“行啊，我会有意避开收割时死的，免得招人嫌弃。”

这话，听她声音似乎是笑着说的，其实她噘着嘴，憋着气呢。

住在东边的光棍们还是每晚轮流被阿颖招去过夜。他们也都知道利助被剔除在外了，在田间地头遇到利助时，都露出一副忍不住想笑的嘴脸。利助自己也觉得遭受到了前所未有的侮辱。以前虽说也被人“烂货”“烂货”地骂着，不过那还是人家当面骂的，这下倒好，人家都懒得开口了。这可是个重大的区别。大家都在心里为自个儿受到阿颖的邀请而窃喜，同时也因利助被剔除在外而高兴。

他心想：“就连东边的邻居仁作，原本那么要好，现在也觉得我被跳过是理所当然的了。瞧他现在那样儿，像是不愿意跟我见面似的。其实我还不想看到他呢。西边的‘大眼’更是随口乱说，还当着我的面儿学他做新郎官时的样子。那是因为以前为了地界的事，跟他吵过架。那会儿，仁作家的板墙侵入了我家的地界。在他家板墙下挖开一看，我家的基石在板墙里边一尺多的地方，整整齐齐地砌着呢。这可是个铁打的证据。他输得哑口无言。他那会儿窘得要死，就少个地洞钻了。我骂了他一句：‘你活该！’如今他就拿这事儿来向我报仇了。”

就在东边的光棍们全都轮完后的第二个晚上，利助的心里又冒出了一股希望的小火苗。

他心想：“因为阿颖她讨厌我，没准儿就将我排在最后一位了。”

他将大门打开了一条缝，守了一整夜。阿颖那婆娘还是没来。

早上，他正要下地去的时候，阿爹说道：

“粟子还不割吗？”

于是他就带上镰刀出去了。他手脚疲软，浑身乏力，所以到了地里就一屁股坐在了田埂上。时睡时醒，迷迷糊糊的，像是还在等着阿颖前来。

回家吃了午饭，就不想再下地去了。

他漫不经心地来到了春松的马棚前，看了一眼春松，他的脸就一下子变得刷白了。原来他觉得，春松看他的眼神，居然跟村里那些光棍看他时的眼神一样！

“好嘛，连畜生都欺负起我来了！”

他实在是憋屈得不行，一把抽出了固定栅栏用的木杠，“啪——”的一下抽在春松的肩上。

春松耷拉下耳朵，缩作了一团。

利助看准了之后，重新扬起了横杠。“啪——”地又抽了第二下。

春松一声不吭地后退了。

“好你个孬种！”

见春松这样，利助越发来气了。

他再次高高地举起了横杠。

春松低下头，偏在一边，斜着眼睛瞟向利助。

“好你个孬种！”

利助朝着春松的脸部正中就是一杠子。

春松一晃脑袋躲了过去，横杠“咚——”的一声打到了板壁上。

利助怒不可遏，用手掌猛地扇了春松一耳光。

春松一个趔趄，靠到了墙上。利助一把揪住了它的鬃毛，使劲将它按在板壁上蹭。这时，阿爹跑了过来，从背后摁住了他的双手。

“浑蛋！你在干什么？”

利助的手被摁住了，还不肯罢休，又在春松的腿上踢了一脚。

“浑蛋!这又不是春松的错!”

说着，阿爹就硬将利助拉开，将他摁坐在门框上。随后，阿爹用洗脸用的木桶打来了水，将利助的脚塞了进去。想用冷却他双脚的办法，来平息他的气喘吁吁。接着，阿爹又将手巾濡湿了盖在利助的头上。

利助觉得手和脚倒是轻松了，可脑袋却越来越沉，实在受不了。

到了晚上，一盖上被子，他就觉得阿颖会来的，脑袋这才轻松了一些。

早上起来，吃过早饭后，阿爹对他说:

“今天你就躺着吧。”

于是他又回到了自己的房间。利助躺在被窝里，睁着眼睛，望着房梁。他怕动，觉得最好就这么躺着，甚至都不想起来吃午饭。

这时，拉门轻轻地被拉开，立刻又被关上了。原来是阿爹悄悄地溜了进来。他坐在利助的被窝旁，没吭声。

不一会儿，阿爹窥视着利助的脸，慢吞吞地开口说了起来:

“哪儿不舒服吗?”

见他这么问，利助也不回答。

“这次，你可真够呛啊。”

说完，阿爹又不吭声了。利助一侧身，将脸冲向春松的马棚那边。

“听说，阿颖那个婆娘，独独就跳过了你啊……”

利助吓了一跳，不由自主地坐起了身来。

“原来哥哥知道这事儿啊!”

他十分害臊，低下了脑袋。

不过，他还是硬撑着说:

“没事儿。这种事儿，我才不放在心上呢。”

“是应该这样啊。不过，你要是为了这事儿而抓狂，可不行啊。你被人跳过了，我会给你补回来的。我会让你做上新郎官的。”

利助听了，心怦怦直跳，喉咙口急急地敲响了警钟，还疼痛难忍，跟被人用筷子扎了似的。

哥哥又郑重其事地补了一句:

“不过，也就一个晚上哦。我会让你做一个晚上的新郎官的。”

利助一下子愣住了。他似乎觉得阿颖正在从远方走来，来接他回去过夜了。

他心想:“哥哥一定是去求过阿颖了。”

“阿颖会来接我吗?”他问道。

“傻瓜!那种货色是不行的。”

利助不由得担心起来:“那会是谁呢?”

阿爹将嘴凑近利助的耳朵，轻声说道:

“今夜，你睡到阿浅那儿去。就一夜哦。”

利助大失所望。他明白:阿姐是不行的!

“阿姐是不行的!”他大声说道。

阿爹赶紧用手捂住了他的嘴，说道:

“别这么大声!阿浅答应了。她昨晚答应了。”

“阿姐她答应了?”利助想到这儿，心就怦怦直跳，喉咙口急急地敲响了警钟，还生疼生疼的。

不过，他又有些不敢相信。

“平日里，我还没靠近她呢，她就那么嫌弃我了，如今要她干这事儿——”

利助又垂下了脑袋，问道：“恐怕又要黄了吧?”

阿爹用手按住利助的脑袋，在他耳朵旁快速地说道：

“今夜，我睡到西山的烧炭小屋里去，等夜深了，估摸着阿浅睡了，你就去好了。”

利助的心，又开始怦怦直跳了。

阿爹又说道：

“不过，往后你可得好好的，可不能老像狐狸精附体似的哦。你看你，把稻子都踩倒了，还痛打了春松。春松又有什么错呢?春松要是死了，就没有粪肥了。稻子被你踩成这样，天一下雨，马上就发芽了。”

利助心想：“哦，是这样啊。幸好天没下雨啊。还是得早点割下来啊。”

他不由得着急起来。

阿爹说道：“下田去吧。跟没事儿人似的干活儿去吧。下田干活儿去吧。”

说着，他就站起了身来，拉开门。出去后关门时，他又像是生气似的说了一句：

“那可是老祖宗留下来的田地哦，小心老祖宗生气。”

随即，就“哗啦”一声，关上了门。

利助站起来，心想：“哥哥说得对。我得下地干活儿去。”便急匆匆地出去了。

阿爹从利助的房间里出来后，就走进了土间。土间靠里的左手边，就是灶头，灶头旁则是后门。出了后门，就是井台，阿浅这会儿正在那儿洗什么东西。

阿爹来到阿浅身边，弯下腰，低声说道：

“说好了哦，就一个晚上。”

阿浅没吭声。阿爹生怕阿浅事到如今又说出“我不干！”来，十分担心。

“就按昨晚说好的哦。反正就一晚，你忍一忍嘛。”

阿浅刷完了锅，站了起来。阿爹也跟着站起了身来。阿浅一边甩干锅上的水，一边默默地走进土间。阿爹也跟了进去。阿浅将锅挂在灶头旁的自在钩[1]上。阿爹在她身后说道：

“那小子要是打死了春松，可就糟了。”

阿浅又朝屋后的井台走去，阿爹也跟了去。

“他去给春松割草，那镰刀还是我后来去找回来的呢。他还把稻子踩成那样。你想想，这样下去，我们的日子怎么过呀？”

阿浅从屋后的屋檐下拿来萝卜，切了起来。她在水桶上放了块砧板，弯着腰切。阿爹也弯下了腰，问道：

“我说，你明白了吧？”

---

1 译注：从炉灶等上方垂下来的用以吊锅、罐、铁壶等的挂钩，可自由调节高度。

可阿浅依旧一声不吭。阿爹跟搓绳子似的搓着双手，说道：

“看看人家，都在割粟子了。我们倒好，稻子被踩倒了，要是下雨，可就要出芽了。他打春松的眼神，可不一般啊，春松要是被打死了，那可怎么办呀。”

阿浅什么也不说。萝卜切完后，就划拉到笸箩里，转身又走入了土间。阿爹也紧随其后。

阿浅将萝卜倒入吊在自在钩上的锅里后，从灶头旁抽出一根较细的木柴，抬起左腿，将木柴在膝盖上“咔嚓”一声撅成两段。

阿爹又唠叨了起来：“我说，就一个晚上嘛。”

阿浅斜斜地瞪了他一眼，然后将木柴塞到自在钩下面，点上了火。浓烟顿起，阿浅噘起嘴吹着火。阿爹则在她身边弯着腰，说道：

“他那么个‘烂货’，求谁都……哦，要不，花些钱……”

阿浅突然怒吼道：

“烦不烦呀?说了一次，不就够了吗?”

随即又说道：

“可要他还不肯好好干活儿怎么着?田里的活儿、家里的活儿，都你一个人干吗?”

听她这么说，阿爹也慌了，连忙说：

“这个不用担心。那小子肯定会跟以前一样的。你看看其他那些光棍，不都跟以前一样，好好地干活儿的吗?”

阿浅又开始吹火，却也吹飞了炉灰，由于锅上没盖，灰落到了锅里。

在田里，利助仍在心里犯嘀咕：

“虽说阿姐已经答应了，可到了那会儿，难保她不反悔啊。再说哥哥，他说是今夜要去烧炭小屋过夜的，可要是阿姐不让去，估计他也就不去了吧……所以说，今夜恐怕还是会泡汤的。”

他倒也做好了这样的思想准备。

这时，太阳还高高地挂在西山上方。

利助远远地看到有一个行人。在隔着老远的稻田中间，慢吞吞地走着——是阿爹！

“他果然去烧炭小屋了！”

利助的心怦怦直跳。他还看到阿爹的腰间，挂着那个他常用的，装三角饭团的口袋。西山上的烧炭小屋，要比北山上的烧炭小屋远多了。

利助躲在稻田，透过稻穗间隙，窥视着慢吞吞走着的阿爹。只见那渐渐远去的阿爹，又慢慢地走近了。阿爹朝着利助走近。利助将身体趴了下来。随即又抬起头来张望着，发现阿爹确实是朝自己走来的。利助的心怦怦直跳，浑身僵硬，直挺挺地趴在地上。他听到阿爹的脚步声，来到他身边的田埂处就停住了。

“就一晚上哦。听好了，只有一晚上哦。”

头顶上传来阿爹的喊声，随即便是脚步声。利助稍稍抬起一点脑袋，望着阿爹的背影。见他朝前走去了。朝着西山的方向走去了。利助终于松了一口气。

目光落下时，他发现下面的稻叶上有水滴。

“下雨了吗？”

抬头望了望天空，却发现自己的脸上湿漉漉的。

“是我掉眼泪了吗?”

一想到这儿，泪珠子就“噼里啪啦”地往下直掉。他觉得喉咙里有沉重的声音要夺口而出，怎么也忍不住。肩膀摇晃起来，浑身颤抖起来，可他依旧死死地咬紧牙关，不让那声音从嘴里冲出来。可声音还是要从他的牙缝里钻出来。利助咬紧牙关变得越来越难受。他实在是忍无可忍了，爆发出了连自己都觉得莫名其妙的声响来，震得稻叶扑簌簌发颤。

利助注意到自己发出了吼声。听到这吼声之后，他觉得身上轻松了一些。也就是说，上下耸动肩膀，大大地张开嘴巴后，身体摇晃得更厉害，也就轻松起来了。

利助站了起来。他在手上、脚上使劲儿，他一边往回走，一边将倒伏的稻子扶起来，扎成捆，一直干到太阳落山。快到家时，他看到有炊烟从屋里冒出，也看到阿姐的身影一晃而过。她似乎跟平时没什么两样。

“太好了!”

他心想:“我装作什么都不知道就行了。照哥哥说的去做，准没错。”

他浑身使劲儿，硬撑着。

当天晚上，利助忘了给春松喂夜饲料，连水都忘给它了。厨房的水槽处传来用水的声音后，春松便甩动腮帮子，发出低低的哼哼声，还用力跺脚，搞出些动静来催促利助。其实，从今天早上直到现在，利助还有阿爹、阿姐，都忘了给春松喂料、饮水。

听到一入夜后，春松就在隔壁一边哼哼着一边跺着脚。利助心想：

“今夜还真跟往常有些不一样啊。”

他还想到：

“男人生下来第一次当新郎官的夜晚，好像是跟平常不大一样。”

他又想到：

“就连春松今晚也不肯安分。看来在这样的夜晚，连马都跟平时不一样的。”

到了吃晚饭的时候，利助来到了土间。他看到饭堂里跟往常一样，桌上已经摆好了自己的饭菜。阿姐的脸冲着里面，正在洗什么东西。一切都跟往常没什么两样。

利助尽量不出声地吃完了晚饭。他悄悄地站起身来，回自己的房间去。可在走下土间时，一不小心在门口的水桶上绊了一下。水桶倒了下来，里面的水“哗——”的一声全洒了出来。春松立刻在马棚里打起转来。

“糟糕！”

利助缩起脖子，连横躺着的水桶都没扶起，就直接回到了自己的房间。

春松又不安分起来了，可利助的耳朵和眼睛似乎都不怎么管用了，那声响听着就跟是从老远传来的似的。这是因为天色变晚了。

“是天色晚了才这样的。先前一直挺管用的。”

利助身体靠着板壁蹲了下来。

然而，天一黑下来，门板上立刻响起了“咚咚”的响声。

“来了！来接我了！”

利助猛地站起身来。他的心怦怦直跳，喉咙口也开始火辣辣地疼痛起来了。

利助“咚——”的一声撞到了门板上，门板“咔擦”一声裂开，并朝外扑倒，而门外站着的，是今年六十五岁、满脸煞白的阿金婆。

阿金婆对着利助连连摆手，很沉着地说道：

“你这是干吗呢?别闹，别闹。”

利助身上的力气一下子就全泄了。阿金婆凑近身子，紧紧地捉住利助的手，把嘴凑到他耳朵旁说道：

“你的事，我听说了。阿颖那婆娘太不地道，独独把你跳过了。”

利助根本不想听她说这话，可他的手被她紧紧地捉住了，动弹不得。

阿金婆在他耳边继续说道：

“可是，这事儿你不能老憋在心里啊。呃，我说，我呢，虽说这大把年纪了，倒也不是不能应付个把新郎官的。今晚，我就让你做一回新郎官好了。有什么的呀?不用担心。”

利助死命甩掉了阿金婆的双手，眼看着阿金婆一个趔趄就要摔倒，他又猛地揪住了她的两条胳膊。

他心想：“今晚这是怎么了?!”

这时，一个水盆大小的月亮，“嗖——”地从明神树林处，从东山上，升上了天空。

“哦，是这样啊。”

利助重重地点了点头。他用手指着月亮，心中暗忖道：

“是十三夜啊!十三夜，大大的月亮，跟生气似的，高高地升起在明神树林的上面。我呢，我就收到了两起新郎官的邀请。”

利助嘟囔道：“哦哦，是这样啊。”

他重重地点了点头。

月亮升起来，将四周照得跟白天一样亮。站在跟前的阿金婆，身上的行头跟吊唁时一模一样。就是说，阿金婆身上穿的衣服，跟去给那个没告诉利助“利口坊”在哪儿就死掉的坚次家的阿婆吊唁时穿的一模一样。腰里也紧紧地扎着黑腰带。跟扫把似的头发也梳拢得好好的，紧贴着她的脖颈子。

阿金婆噘起嘴说道：

“为了你这嘴臭的毛病，你娘死的时候，有多么伤心，我是再清楚不过的了。我也活不了多久了，可要是我忍心看着你被人欺负，我死后又有什么脸去见你娘呢?”

利助“吧唧吧唧”地跺着脚，嘟囔着：

“谢谢！谢谢你！今晚……我……（双喜临门了！）”

他摇晃着阿金婆的胳膊，看着她的脸。这时，月光正照射在她的左脸颊上，好像她也只有左脸颊似的。利助将自己的嘴巴靠近阿金婆的嘴巴，看着她。见阿金婆既不扭过脸去，也不用手去捂住嘴巴，只是默不作声地一任他摇晃着身体。她居然不躲闪利助的臭嘴。

利助心想：“今晚，这到底是怎么了?!”

他环视四周，见南山上的朵朵白云，蘑菇状的白云，像是要显示“利口坊”长在哪儿似的，朝自己飘过来了。

利助嘟囔道：“哦，是这样啊。”

他重重地点了点头。

晃动着的家

庄吉跑过狭窄的板桥，“咚——”的一声跳到了自家的船上。每次他这么“咚——”的一声跳下后，他家就会大幅度地摇晃起来，发出“哗——哗——”的水击声。庄吉的小脚跟松鼠似的飞快地移动着，他一溜烟地跑到了晒场，在那儿俯瞰着水面。水面晃动着，映出的人脸一会儿长，一会儿短，得等它平静下来。这当儿，他想起了父亲的脸和爷爷的脸。

水面平静下来，映出的脸也清晰可见了。看着水中的脸，他心里嘀咕道：

“果然不像啊。像爷爷，不像阿爸，一点也不像。”

今天总算是搞清楚了。

“看来，那事儿果然是真的。”

这么认准了之后，他就觉得四周的一切都突然翻了个个儿。就连一旁浮着的用旧圆木扎成的木筏也跟大蛇似的，吓得他不由得打了个激灵。

他记得以前某个晚上也有过这样的错觉，他当时吓得要死，大叫了一声“阿爸！”，就紧紧地抱住了。可现在，阿爸不是阿爸了，要是往后再遇到这样的情况，该怎么办呢？

“那个老不死的，会是我阿爸吗?”

可他预感到，这就要成为真事儿了。

“我才不要呢。可是，事情或许还真是这样的。看来，我以后还真的要小心一点了。”

他正这么寻思着的当儿，背后飞过来一个什么东西，砸中了他。拿到手里一看，原来是一块样子像刀的木板。由于在海水里浸泡的时间久了，又滑又亮，跟打磨过似的。

“玩武打剧游戏时可以当刀来使了。”

是谁扔过来的呢?他往四下里一望，见阿爸正从机舱里探出头来笑呢。

“是阿爸给我的。”

看到有什么可成为玩具的东西漂来时，阿爸总会捞起来。

“那事儿，或许阿爸他还不知道呢。”

庄吉心想：“看他那样儿，兴许不知道。我也假装什么都不知道好了。”

庄吉的家，其实就是横拴在混凝土河岸旁的一条船。一道狭窄的木板桥从陆地搭接到船上，它既是浮在水上的“我家”与陆地之间的分界，也是两者之间的通道。庄吉总是把岸上称作陆地。陆地上跑着电车、巴士和出租车，拐过前面的那个街角，就是晚上霓虹灯闪烁的热闹场所——深川[1]的门前町了。对岸是牡丹町，沿河排着一溜大米仓

1 译注：地名。位于日本东京都江东区隅田川东岸的地区。

库。这河里的水，有时候就是海水。海鸥也常来光顾。离庄吉家三百米，就是隅田川[1]的永代桥了。庄吉家的船每天早上沿着隅田川溯流而上，到北千住[2]或荒川那儿去。在那儿装上满满的一船沙子，然后运到很多地方去。这就是他们家的营生。阿爸操作发动机，爷爷收运费。船上堆沙子的地方，等到卸完沙子，就是游乐场了。家里人管这个时而是沙堆场，时而是游乐场的地方叫作"晒场"。那儿总是竖着两根木棍，木棍上总是架着一根竹竿。

"就因为有这么块地方，我们才有饭吃。"爷爷常这么说。

客厅是位于发动机旁边的一个铺着两块榻榻米的房间。其实，船上带屋顶的也只有这个"二席间"。干完了活儿，船就回到老地方，一靠岸，庄吉就可以上陆地去玩了。

庄吉被陆地上的孩子叫作"船上的孩子"。"船上的孩子"都去平久桥那儿的学校上学，本来庄吉今年也要去上学的，可爷爷说：

"要上学，就得跑区公所[3]做手续，麻烦着呢，明年吧。"

于是上学这事儿就作罢了。

河岸边净是些跟庄吉家一样的船上人家，一溜排开，每家在陆地上都有专用的铁钩，都将船拴在一模一样的铁钩上。所以他们跟陆地上的人家一样，也有着左邻右舍间的交际。

---

1 译注：日本流经关东平原的荒川下游（东京都内）部分的河流。河上架有言问、吾妻、永代等著名桥梁。

2 译注：东京地域名。指电车 JR 北千住站周边的荒川与隅田川之间的地域，但并无明确的定义。

3 译注：指区一级的政府机构。

每条船上都有孩子，也都被叫作“船上的孩子”。“船上的孩子”称岸上的世界为“陆地”，可“陆地”上的人们却并不叫自己待的地方为“陆地”，而是直接叫街市的名称。庄吉他们去荒川的上游也好哪儿也好，都叫岸上的世界为“陆地”，而街市的名称，就只知道“一丁目”“二丁目”“仲町”和“古石场”这么几个。

“你说的‘二丁目’到底在哪儿呀?”陆地上的孩子曾这么问过。

“那儿。”庄吉手指着回答道。

“那儿是永代的二丁目啊。你光说‘二丁目’‘二丁目’的，谁知道在哪儿呀!笨蛋!”

结果庄吉被对方痛骂了一顿。

可在家里，庄吉他们都这么说，也就够了。除此之外，他所知道的地名，就只有妈妈的娘家枝川了。与此相反的是，他知道许多桥名。

二丁目是阿爸去买酱油、蔬菜的地方，庄吉也总跟着去。一丁目就是牡丹町一丁目，是跟阿爸一起去洗澡的地方。仲町的热闹街市是去玩的地方。除此之外，就得开船去了。

停泊在庄吉家前面的，是一条钓鱼船。船顶上尽管竖着“裁缝船”“赶海船[1]”“乘凉船”等招牌，其实很少有钓鱼的客人光顾。

“就那条破船，有谁愿意上呢?”

大家都这么说。故而他们总是从洋面上运些牡蛎、蛤蜊回来，在

1 译注：到洋面上等到退潮后再打鱼的船。

船上剥壳。他们将刀子插入牡蛎、蛤蜊的壳里，挖出肉来扔进水桶里。这就是他们的营生。而壳就“砰——”的一声扔到路对面去。结果就堆成了一座贝壳山。庄吉家的板桥尽头老是被它堵住。因此，到陆地上去的，就不得不翻过这座贝壳山。这些贝壳能做成鸡饲料，所以，只要卡车一来，就被拉得干干净净。

“二席间”既是睡觉的地方，也是吃饭的地方。

今晚也跟往常一样，大家一坐到餐桌前，爷爷就发起了牢骚：

“要不说笨蛋没药可救呢，阿吉这家伙真是没治了。不叫他擦发动机，他就不动手了。真拿他没办法。叫他洗洗船身，他竟把拖把掉水里去了。每次擦完发动机后，他总会把抹布扔掉。难道他不知道，抹布也是花钱买来的?虽说脏了一点，可洗干净了，以后还能用。连这都不知道，真是一点儿都不懂得爱惜东西啊。要不说笨蛋是无药可救的呢。”

庄吉心想，又来了，又来了。跟念书似的老是讲同样的话，耳朵里都听出老茧来了。从很早很早开始，爷爷就不断地重复着这些牢骚了。

“老不死的，烦不烦呀!”

庄吉真想对他这么说。然而，他这会儿却又想到，要是那事儿是真的话，自己就不能一个劲儿地帮着阿爸了。

庄吉一动不动地瞅着阿爸的脸。只见阿爸一动不动地坐着，低着头，一声不吭地听着爷爷的牢骚话。他那张脸只有勺子大小，跟庄吉那映在水面上的宽脸截然不同。他的脑袋发尖，跟戴了尖顶帽子似的，又像个葫芦。

“果然不像啊。”庄吉不得不这么想。

前面钓鱼船上的老爹是个大个子，跟庙里的金刚似的，脸很大，眼珠子鼓鼓的。正在用他那大嗓门儿骂他儿子，也就是船长阿芳。即便阿芳不在，有时候他也会一个人独自发飙，高声喝骂：“你这个浑蛋，又去哪儿鬼混了?!”不过，他偶尔也会叫阿芳为“芳公”。因为阿芳脱光了衣服就露出后背上画满了青色的不知道是什么的画。从庄吉家可以十分清楚地看到钓鱼船的二楼。二楼是阿芳的房间。一到傍晚，他准得往头上抹发蜡。接着就撕下报纸来擦手，擦完后就将报纸“啪”的一声扔到船上。然后，就用梳子十分仔细地把头发梳得服服帖帖的。这些都做完后，他就吹着口哨，不知上哪儿野去了。

爷爷的牢骚话就是从这会儿开始的，声音不高，总是嘀嘀咕咕的，跟念书似的说个没完。到了夜里很晚的时候，阿芳才醉醺醺地回来。于是他老爸就又大声地怒吼起来：

“你这个浑蛋，又喝酒了!”

阿芳总是一声不吭，独自上二楼睡觉去。他老爸也就吼那么一两嗓子，并不多说什么。阿芳睡觉后，那两个流动艺人就该来了。一个唱着歌，一个弹着吉他。由于黑船桥转角的酒馆“御多福”，夜深后客人很多，所以到了这会儿，那两个流动艺人一准儿会来。他们总是唱着那首歌。客人们也会跟他们一起唱。唱的是一首名叫《痛哭流涕》的深川船歌。

每晚都是这些事儿，不断地重复着。爷爷关了灯，在一片漆黑之中也小声嘀咕着。庄吉听着爷爷的嘀咕声进入梦乡，到了半夜里被钓鱼船老爹的怒吼声吵醒，然后又在流动艺人的吉他声中重新睡着。

刚听说那事儿的时候，庄吉就像是听到了从老远的云中传来的声音似的，毫无真实感。他甚至都没觉得是在说自己。当时，他正在钓鱼船前，看他们在给贝壳刮肉。钓鱼船上的阿爸跟开佃煮[1]店的老爹正在那儿聊天。

恰好这时，庄吉他妈跟爷爷一起走上了板桥，他们像是要去澡堂子洗澡。爷爷还递出手巾来问道：

"阿庄，去洗澡吗？"

庄吉回答了一声："待会儿跟阿爸一块去。"就没跟他们去。

买东西也好，去洗澡也好，庄吉总是跟阿爸一起去。因为不论他干什么阿爸都不拦着，就算他在半路上玩耍，阿爸也总是默不作声地在一旁等着他。平时，庄吉的零花钱都是爷爷给的。去跟妈妈要的话，三次里有一次妈妈会说：

"跟爷爷要去。"

再说，妈妈给的话，也只有五日元，而爷爷通常会给十日元。阿爸是没钱的。不仅没钱，他反倒会抢庄吉的糖果、饼干吃。不过在船上时，也只有阿爸肯跟他玩。

庄吉正呆呆地望着妈妈跟爷爷一起朝澡堂子走去，却听到背后钓鱼船上的阿爹说：

"看看，看看，肩并肩地走着，简直就跟夫妻一样了嘛。"

---

1 译注：源自江户佃岛的一种食品。用酱油、料酒、糖将鱼虾贝类、海藻等煮成的海鲜食品。口味较重，存放期较长。

佃煮店的老爹说：

“说的是啊，恐怕是到哪儿也都形影不离的吧。”

庄吉听到后心想：“他们是在说坏话吧?”

他有这样的感觉。可是，他们说的倒也没错。爷爷只跟妈妈说话。庄吉要跟他说话，他时常不理不睬的。“真没劲啊”——庄吉也每次都会这么想。

钓鱼船上的阿爹喊了庄吉一声，问道：

“庄吉，你不喜欢爷爷，喜欢爸爸阿吉，是不是?”

庄吉刚想说：“当然是阿爸好了。”

不料佃煮店的老爹却抢先说道：

“更喜欢爷爷吧!”

庄吉把脸转向了佃煮店的老爹，佃煮店的老爹也仔细地凝望着庄吉的脸，然后说道：

“哦，果不其然啊。简直跟他爷爷一模一样嘛。一点也不像阿吉。”

听他这口气，似乎是在赞叹。庄吉以为是在说他聪明，不免有些得意扬扬。

“我像爷爷吧?爷爷很了不起的哦。”他这么说道。

也难怪，因为爷爷在家里最神气，数钞票都百元大钞一沓一沓地数的。

然而，钓鱼船上的阿爹却粗声粗气地笑着，说了句叫人意想不到的话：

“啊哈哈，当然像爷爷了，本来就是爷爷的孩子嘛。”

佃煮店的老爹也附和道:

“不是阿吉的孩子，当然不像他了。”

说完，他们俩就笑了起来，笑得很恶心。

庄吉没明白他们在说些什么，也没听清楚，但总觉得他们是在说自己的坏话。他们这么笑着，就是在嘲笑自己全家。

庄吉“咚咚咚”地跑开了。一直跑到了仲町的拐角处，遇到了正在那儿买豆腐的阿爸。

太好了!庄吉十分高兴。

“阿爸，钓鱼船上的阿爹欺负人!”

“他怎么了?”

庄吉心想:“这下就瞧好吧。”

他大声说道:“他说我是爷爷的孩子。”

他觉得阿爸听了肯定会脸色发青，跑去找钓鱼船上的阿爹算账。

不料阿爸竟然垂头丧气的，一声也不吭，自己慢吞吞地走了。庄吉觉得越来越窝囊。

“好吧。那我就一个人前去报仇好了。”他下定了决心。

他悄悄地绕到了钓鱼船的后面，捡了一颗石子攥在手心里，然后蹑手蹑脚地贴着弄堂墙壁一步步逼近还在那儿闲聊着什么的钓鱼船上的阿爹和佃煮店的老爹，躲在他们背后。

他正要大叫一声“浑蛋!”，却听到他们似乎还在说自己的事情。

只听钓鱼船上的阿爹说道:

“所以你看，老爷子每天晚上都在发牢骚呢。”

“既然这样，又何必要招阿吉这么个上门女婿呢?”

听佃煮店的老爹这么一说，钓鱼船上的阿爹紧接着就说道：

“这正是那老爷子精明的地方啊。还偏偏找了个又丑又笨的阿吉来。”

“何必这么麻烦呢?光明正大地跟姑娘一起过日子不好吗?”

“那怎么行呢?要是那样的话，姑娘的亲生父母绝不会答应的。怎么说两人也相差了四十五岁呢。原先收她做养女的时候，他也没这个打算呀。即便到了现在，姑娘的亲生父母还时不时地过来看看呢。这种时候，那个平时只是个摆设的阿吉就派上用场了。姑娘怀上庄吉的时候，她父母火冒三丈，可吓人了。老爷子跪在晒场上，一个劲儿地求饶，还说什么‘马上就会招个女婿来’。那一幕我可是亲眼所见的呀。那姑娘也被拖上了晒场，她父母要带她回去。那会儿老爷子可真是走投无路了。再说那姑娘，也是个人物。都到了那种时候，居然不哭，连眼泪都没掉一滴。她手被父母牵着，却紧紧地揪住老爷子的肩膀，死活不松手。尽管她没吭一声，可眼见的是绝不肯回去的。要说这女人啊，唉——”

“那么，那个孩子的户籍，又是咋弄的呢?”

“这谁知道呢?算是阿吉的孩子也好，算是老爷子的孩子也罢，反正还没上学，就连有没有上户籍都不知道啊。不过话说回来，那老爷子也真行啊，快七十岁的人了，还能每天抱着年轻女人睡觉。”

钓鱼船上的阿爹的最后这句话，庄吉听得直害臊。更何况他还知道了阿爸并不是真的阿爸，爷爷才是真的阿爸。

“或许还真是这样。”

他心想。同时他还觉得似乎老有人说些类似的话。

庄吉悄悄地退了回去，撒开脚丫子一气跑回了仲町的拐角处才收住脚步。不知为什么，他总觉得害臊得不行。抛下手里攥着的石子后，他又撒腿跑了起来。他不顾一切地冲过十字路口，拼命奔跑着。

自己那映在水面上的面孔，确实只跟爷爷相像。可一想到这事儿是真的，爷爷的脸就变得既可怕又讨厌起来了。

天黑后，牡丹町的大米仓库就变得跟黑咕隆咚的大砗磲怪[1]似的。而这一边的河岸则霓虹灯通明，跟施放了高架烟火[2]似的，比白天更加漂亮。由于河岸边的船上人家，每家都已有一盏昏暗的电灯，因此，天一黑，船上的大人小孩全都上陆地玩去了。回家后除了睡觉无事可做，所以他们都早早地吃了晚饭，上陆地闲逛去了。庄吉家只在发动机上装了一盏昏暗的电灯，待在“二席间”里十分无聊，可除了庄吉，其他人都不上陆地去。吃过晚饭后，爷爷就说：

“把电灯关了吧。别费电了。”

电灯一关，屋里就漆黑一片了。船上人家的晒场很大，带屋顶的房间只有“二席间”。庄吉平时就睡在“二席间”的墙根下，身边是妈妈，妈妈的另一边是爷爷，阿爸则睡在另一边的墙根下。由于房间十分窄小，有时甚至会相互叠压着。

那天晚上，庄吉从陆地回来后，也马上就睡下了。由于电灯已经关了，“二席间”里黑得伸手不见五指，但由于房间小，尽管黑，庄

---

1 译注：大砗磲也叫库氏砗磲，其壳体最大可达 1.8 米，重约 250 千克，是海洋中最大的贝类。

2 译注：一种并不射向天空，而是在地面装置上施放的，能显示各种形状的烟火。

吉也立刻就找到了自己睡觉的地方。睡到半夜时分，庄吉又被钓鱼船上的阿爹的怒吼声吵醒了。

“你这个浑蛋!又喝酒了!要说多少遍你才明白?去哪儿喝酒了?穷得叮当响还要喝酒?”

而从他们家二楼传来的，却是“嗯——”“哦——”的呻吟声，阿芳像是十分难受。

“芳公，你怎么了?”他阿爹又在下面怒吼道。

从二楼传下来回答是:

“嗯，我难受死了。”

于是阿爹不再怒吼了。稍稍过了一会儿，阿爹又扯开了嗓门:

“芳公，你难受吗?你要是难受，我去给你买冰来吧。”

随后他又小声嘀咕道:

“把自己喝得这么难受，真是个笨蛋。”

钓鱼船上的阿爹尽管痛骂阿芳，可还说要去给他买冰呢。这跟自家爷爷痛骂阿爸，是完全不同的。

庄吉想着这事儿，还有自己映在水面的脸，就怎么也睡不着了。更何况在一片漆黑之中，爷爷又开始他那念书般的牢骚话了。

“要不说笨蛋没药可救呢。阿吉这家伙净干些傻事儿。好好的电灯泡，刚买回来就被他弄坏了，一点都不知道爱惜东西。真是不可救药啊。要说干活儿，竟什么活儿都不会干。船上没活儿的时候，也不想上陆地去挣些钱回来。只会喊肚子饿，吃起来没够。对面来了船，不叫他避开，居然就不知道避开。真是个浑蛋啊。要真撞上，明天可就没饭吃了。也不想想，这船可不是两三万日元能买得到的。为了买这条船，我伤了多少脑筋，他懂个屁啊!”

不管爷爷怎么唠叨，阿爸都不吭声。妈妈也只当没听见。妈妈冲阿爸发火的时候，会发出刺耳的尖叫，并且大吵大闹。妈妈从不冲爷爷发火。

庄吉此刻非但睡意全无，还将眼睛睁得大大的。

不知何时，爷爷的牢骚话停止了，可庄吉却发现自己的家在微微摇晃。他朝身旁一看，发现妈妈跟爷爷两人的身体叠在一起，还在颤抖着。庄吉意识到这是大人们在做什么隐秘的事情。而之后所发生的，就是黑色人影的剧烈争斗。大家都一声不吭，却在一片漆黑中打起了架来。他知道，自己只有假装不知。他屏住呼吸，一动不动。

原来是睡在另一侧的阿爸霍地站起了身来，钻到庄吉与妈妈之间来了。阿爸的身体紧贴着妈妈，庄吉的身上也觉得像是被压了一块大石头似的，快要喘不过气儿来了。他心想，这是阿爸呀，又有什么办法呢?尽管自己快要被压死了，他还假装不知道，一声不吭地死扛着。这时，爷爷伸过手来，“啪”地在阿爸的脑袋上拍了一巴掌。可尽管这样，阿爸还是紧搂着妈妈。爷爷也紧搂着妈妈，并且谁都不吭声。黑暗之中，时不时地响起爷爷拍在阿爸脑袋上的巴掌声。

不一会儿，阿爸站了起来。他站起来后，用双手掐住了爷爷的脖子。紧接着便发出了“咚”的一声巨响——是他们俩的身体撞到了门板上。家大幅度地摇晃起来，周边响起了“哗——哗——”的水声。随即就轮到阿爸压到妈妈身上了。爷爷站起来，掐住了阿爸的脖子。他要将阿爸扳下来，可阿爸却怎么也不离开妈妈的身体。

爷爷不顾一切猛抽阿爸，还用脚踢他。可阿爸还紧搂着妈妈，不肯松手。爷爷跟疯了似的猛踢阿爸。每踢一脚，家就大大地摇晃一下。他们就跟两个黑鬼似的争斗着。

庄吉害怕极了，不由得哭了起来。

可大家都只当没听见，没人理他。

家还在大幅度地晃动着。庄吉哭着哭着，就不知不觉地睡着了。

不一会儿，庄吉因家大幅度摇晃而惊醒了。他看到爷爷揪住阿爸的耳朵，把他拉了起来。阿爸还是不吭声，就这么被爷爷揪着耳朵，拖到了晒场上。随后，爷爷一个人回来了，他坐在妈妈的身边。

“啪——”，妈妈也挨了一记响亮的耳光。

这时，从外面传来了流动艺人的吉他声，还有那首深川船歌。

第二天早上庄吉睁开眼睛的时候，已经将昨晚的事情忘得一干二净了。都电[1]发出很大的声响驶过了黑船桥，太阳也已经升到了船的正上方。快到吃午饭的时候了。这一天，他们全家人都睡了懒觉。酱汤味儿飘了过来。多么诱人的气味儿啊！庄吉一下子觉得自己快要饿死了。爷爷和妈妈默默地坐着，一句话也不说。爷爷就连平日里常说的牢骚话也不说了。今天可真有点怪呀。

早饭已经准备好了。

“肚子好饿呀。”庄吉这么嚷嚷道。

妈妈立刻将小餐桌端了过来，庄吉立刻就跑了过去坐下。说是

1 译注：日本东京都交通局经营的有轨电车的简称。随着公路交通量的增加，从昭和四十二年（1967）开始逐渐拆除。后仅剩三轮桥（荒川区）至早稻田（新宿区）的荒川线仍在运行，全程 12.2 公里。

“已经准备好了”，其实也就是在小餐桌上叠放着碗筷，还有饭锅和酱汤锅而已。庄吉拿起筷子后，妈妈马上就给他盛了米饭。接着，妈妈又给爷爷和自己的碗里盛了米饭。随即，又盛了三人的酱汤。庄吉端起饭碗来，立刻就扒拉了一大口。要是在往常，大家到这时也就开始吃起来了，可今天却都没动筷子。庄吉觉得今天的气氛怎么有点不同寻常。他嚼着饭，环视着大家的脸，见大家都是一声不吭的。

不一会儿，妈妈跟爷爷开始一点点地吃起来了。随即，阿爸也在自己的碗里盛了饭和酱汤，拿起了筷子。

就在这时，爷爷放下了手里碗和筷子，站了起来。他一手攥着阿爸的脖子，一手将阿爸的右手扭到了背后。即便这样，阿爸也还是一声不吭，任爷爷所为。爷爷扇着阿爸的后脖颈，赶着他从晒场走上了板桥，随后便用力把他往前一推。阿爸爬上了贝壳山。

之后，庄吉他们三人才正式开始吃饭。吃过饭后，庄吉探出脑袋，望了望阿爸，见他正垂着头坐在贝壳山上呢。

“阿爸！”

庄吉喊了一声。可阿爸他依旧垂着脑袋。

船微微抖动了起来。原来是爷爷开动了发动机。船发出“砰砰砰”的声响，慢慢地离开了河岸。

庄吉跑到晒场上高喊道：“阿爸！”

不料遭到了爷爷的一声怒喝：“浑蛋！”

在平时总是小声发牢骚的爷爷这么冷不丁地大声怒喝下，庄吉不由得害怕了起来。船离开河岸越来越远，阿爸也变得越来越小。船发出“砰砰砰”的声响驶下隅田川，靠在了筑地[1]蔬菜市场的河岸边。五六个搬运工将装着橘子的箱子扛到晒场上堆起来。庄吉看到了橘子箱子就十分高兴，立刻将阿爸的事情忘了个一干二净。今天的活儿，就是将这些橘子箱子运到千住的河岸边去。由于今天是午饭过后才开始干活儿的，所以卸完这些橘子箱子时，太阳就开始西沉了。又偏偏赶上了涨潮，船行驶到千住大桥那儿，就变得很慢了。由言问桥往前再钻过吾妻桥的时候，陆地上的霓虹灯都亮了。转过永代桥来到他们一直停靠的河岸处时，四周已经是漆黑一片了。钓鱼船二楼的灯还亮着，但阿芳恐怕已经出去了。船行驶到这儿后，庄吉发现阿爸正在岸边站着。

“啊，对了。阿爸从今天早上起就一直等在这儿呢。”

他又想起这事儿来了。庄吉朝着阿爸微微一笑。可阿爸没什么反应，依旧呆呆地站着。当船就要停在他前面的时候，爷爷却“啊！”地叫了一声。随即，他就慌忙对妈妈说道：

“枝川的爸妈来了！”

原来阿爸的背后，正站着妈妈的阿爸跟妈妈。

“咦?”

妈妈抬头望去，似乎还挺高兴的。

船停下后，枝川的爸妈走过板桥，下到船上的晒场。阿爸也紧随

1 译注：东京都中央区隅田川河口西岸的地区。1657 年该地区发生大火后，填海扩展而成，“筑地”的名称由此而来。

其后上了船。他们三人全都一声不吭地坐进了“二席间”。妈妈也坐了进去。

“你爷爷呢?”枝川的爷爷问庄吉道。

庄吉朝船头望去，发现刚才还在那儿往岸边铁钩上拴船的爷爷，这会儿已经不见踪影了。

“咦?刚才还在那儿的呢。”

听他这么略显吃惊地一说，妈妈就开口道:

“待会儿就来了。喝茶吧。”

她嘴上这么说，身体却依旧坐着，并没去烧水。

庄吉心想:“爷爷上哪儿去了呢?”

刚刚没走板桥就上陆地了，可见他是在往铁钩上拴缆绳的时候爬上岸去的。想到这儿，庄吉觉得爷爷还真有两下子啊。

庄吉把头靠在妈妈的大腿上，将脚朝阿爸的方向伸展着。

爷爷老不回来，大家都默不作声的，庄吉觉得非常无聊，想到陆地上去玩。可他转念一想，还没拿到钱，上岸也没什么意思，只好不吭声地等着。因为只要这么等着，枝川的奶奶总会给他零花钱的。不过今天却怎么也不见她掏出来。

“难道她忘带了?”

庄吉看着她的腰带处，心中暗忖道。大家依旧默不作声。现在，这个“二席间”里算上庄吉总共有五个人，一旁还堆着被褥，显得十分狭窄。并且大家都一声不吭，只是人头整齐地排列着，躺倒了这么一看，就跟纸糊的人偶似的。

又过了一会儿，外面响起了有人走过板桥的声音，可随即就传来了“咚——”的一声巨响，船也大幅摇晃了起来。肯定是有人下到晒场了，可通常情况下，船也不会这么摇晃呀。

大家跑出去一看，发现爷爷手举着一个一升瓶[1]，躺倒在那儿。眼见他是下船时一不小心摔倒的。可他既不叫喊，也没有要爬起来的意思。枝川的爷爷走到他身边，问道：

“摔着了没有?”

爷爷什么也没说，只是将一升瓶递了过去。枝川的爷爷赶紧接过了瓶子。

“还好，这个没摔碎。好险哪。”

这么说着，爷爷才开始慢慢地爬起身来。

枝川的爷爷回到“二席间”，重新坐下。他将一升瓶夹在双膝之间，用手扶着，又将下巴搁在手上。爷爷拖着脚也进入了“二席间”，可他一进入就躺倒了，将脑袋藏在妈妈的腰部后面，还哼哼唧唧的，像是十分疼痛的样子。妈妈对庄吉说：

“给你爷爷揉揉脚去。”

庄吉便很听话地给爷爷揉起了脚来。

大家又不开口了。现在，由于爷爷伸直了腿，本就狭窄的“二席间”也就变得更窄了。

过了一会儿，枝川的爷爷摇晃着身体开口了：

“我说，今天，阿吉来我们家了。”

---

1 译注：此处的“升”为日式单位，指装有一升（约 1.8 公升）酒的大酒瓶。

爷爷“嗯”地哼了一声。

枝川的奶奶听到后说道：“哎，这么难受吗?要不，去看看医生?”

大家又不说话了。

又过了一会儿，还是枝川的爷爷先开了口：

“今天，阿吉来我们家，说是被赶出来了，这是真的吗?”

枝川的爷爷是将脑袋搁在一升瓶上说话的，显得有些艰难。

于是爷爷又“嗯”了一声。

爷爷伸手在妈妈的后腰上捅了几下——从庄吉的位置看过去，看得清楚。爷爷一哼哼，大家就又不说话了。

沉默了一会儿后，枝川的奶奶开口了：

“赶出家门什么的，怎么能这么绝情呢?”

妈妈突然尖声说道：“我可从没把他当过男人!”

大家又不作声了。

枝川的奶奶又开口道：“那就是你太任性了。”

妈妈用比刚才更加尖厉的嗓音说道：“我就这么任性!要是跟这种人——这种傻瓜一起过日子，我会死的。”

说着，妈妈就失声痛哭了起来。庄吉吓了一大跳。他心想，妈妈可不能死啊，妈妈要是死了可就糟了。于是，他也“哇——”地哭了起来。见此情形，枝川的奶奶赶紧抚摸起他小脑袋来。

枝川的爷爷站起身来说道：“好了好了，我们把阿吉留下，你们一起好好干活吧。”

爷爷霍地坐了起来，咧嘴一笑，中气十足地说道：

“枝川的阿爸，本想跟你喝一杯的，可我腰疼得实在不行啊。您还是带回去慢慢喝吧。”

说着，还做了个举杯喝酒的手势。

“让你破费了。阿吉的事儿，就交给你了。一起好好干活儿吧。”

然而，枝川的奶奶却并不站起身来。她一本正经地对爷爷说道：

“你们三个人，都住在这条船上，不管到什么时候，也总是不得太平的。”

爷爷听了，又“嗯”地哼哼了起来。并且，还用力地捅了捅妈妈的后腰。

妈妈脸色铁青，厉声问道：

“那么，你说该怎么办才好?”

枝川的奶奶将脸转向妈妈，说道：“老爷爷差不多也该住到陆地上去了吧?对了，让阿吉好好干活儿的话，饭总还是有的吃的，也不见得他非得住在船上呀。”

妈妈抓起碗来朝阿爸扔去。碗撞在板壁上，碎了。随即，妈妈扑向枝川的奶奶，双手抓着她的肩膀死命一推，把她推倒在地，自己却“哇”的一声先哭了起来。枝川的奶奶也“哇”的一声哭了起来。庄吉则吓得浑身发抖，连哭都哭不出来了。

爷爷站起身来，抓住枝川的奶奶的手，把她拉了起来。

“没事儿，没事儿。用不着这么担心。我也正想着要住到陆地上去呢。您就别担心了。”

听了这话后，枝川的爷爷嘟囔道：

“哦哦，这样啊，是这样啊。”

说着，又摇了摇手里的一升瓶，对庄吉说道：

“庄吉，今晚要住到枝川不?”

庄吉立刻忘记了害怕和哭泣，一个人“咚咚咚”地跑过板桥上了陆地。他回头一看，刚才还哭着的枝川的奶奶，已经露出笑脸，站在晒场上对妈妈说道:

“你这发型，就是时下最流行的吧，跟你的脸蛋很配哦。”

像是在讨好妈妈。

庄吉跟枝川的爷爷等三人一起来到黑船桥上后往下面一看，见阿爸一个人孤零零地站在船上的晒场上。庄吉想起了枝川的奶奶跟妈妈吵架的事儿，就对枝川的奶奶说:

“妈妈真傻，只跟爷爷说话。真是个傻瓜。”

他以为自己这么说了枝川的奶奶会高兴的。可枝川的奶奶听了没跟他说什么，却对枝川的爷爷说:

“没等庄吉长大就分开了，真是谢天谢地啊。”

第二天，庄吉在枝川玩了一整天，晚上住在了枝川。可刚到第三天，他就想回家了，于是便一个人回来了。

河岸边一艘船都没有。庄吉去仲町一直玩到傍晚，再回到岸边一看，见别人家的船都回来了，唯独自己家的船没有回来。没办法，他只好站在岸边等着。等了一会儿过后，对面船上的一个老爷子探出头来告诉他说:

“庄吉，你们家的船，在古石场呢。”

“啊?今晚停在古石场了啊。”

庄吉心里这么想着，立刻就迈开了步子。过了黑船桥，穿过牡丹町一丁目，在越中岛往左一拐就是古石场了。他心想，准是停在调练桥那儿了，过去一看，果不其然。那儿也搭着板桥，于是庄吉便“咚”的一声跳到了自己的家里。跑进了“二席间”，见妈妈和爷爷正在吃饭呢。庄吉早就饿坏了，也着急忙慌地吃起饭来。等他吃完了饭，才发现阿爸不在了。

“阿爸呢?”他问妈妈道。

“不会再在这儿了。他那样的，哪是什么阿爸。”爷爷跟发牢骚似的小声说道。

庄吉心想，还真是这样啊。阿爸并不是真正的阿爸。

从那以后，他们家的船就一直停泊在古石场。过了好多天，也不见阿爸回来。船上载的货也变了，净装卸圆木。开发动机成了爷爷的活儿。由于没了阿爸，所以不装运沙子了。每天都钻过平久桥，到木场桥去装货。

后来一连好多天都寒风凛冽，船上装运的货又变了，开始装运一箱箱的橘子了。装运的货物改变后，船又停泊到黑船桥的岸边去了。仲町大道上一溜排开来了许多松树枝和竹子，还有许多促销用的红黄色旗子迎风飘扬着。由于没了阿爸，庄吉经常在钓鱼船上的阿芳身后溜达。阿芳还是老样子，一到晚上就用手往脑袋上抹发蜡，再撕报纸擦手，然后“啪”的一下扔到船上。随即，他就用梳子将头发梳得服服帖帖的，吹着口哨出去了。

钓鱼船上的阿爹依旧怒吼着:

“这个浑蛋!又上哪儿野去了!”

阿芳依旧要到半夜三更才回来。于是他阿爹就再怒吼一声:

“这个浑蛋!又喝酒了吧!”

庄吉被他这一声怒吼吵醒后，依旧会听到那两个流动艺人的吉他声。

就在圣诞老人跑过街市的那个早晨，庄吉家来了两个警察叔叔。随后，爷爷和妈妈就跟着他们一起出去了。

“庄吉，你去枝川的爷爷奶奶家住吧。”

临走时，爷爷和妈妈用颤抖的声音说着同样的话。

他们一走，钓鱼船上的阿爹就跳了过来。

“枝川的爷爷奶奶来接你之前，先来我们家玩吧。”

钓鱼船上的阿爹没用他那个大嗓门说话，而是细声细气地说的，跟女人似的。紧接着他又拿出糕点来给庄吉吃，简直就跟换了个人似的。

“庄吉，你有没有看到你阿爸的幽灵?”

“在哪儿呀?”庄吉吓了一跳，不禁反问道。

“庄吉怎么会看到幽灵呢?他又没作什么孽。”

从里屋传来了钓鱼船上阿姨的声音。庄吉听了个云里雾里，一点也不明白他们在说些什么。

过了一会儿，河岸上聚集起了许多人，渐渐地聒噪了起来。黑船桥上也站满了人。大家都朝河里望着。

“怎么回事儿?”

庄吉也想去看看。不料钓鱼船上的阿姨像是生气似的说道:

“庄吉，你不能去。不能去看哦。”

钓鱼船上的阿爹说:“还没出来呢。”

说着，他就跑进了屋里。可没过多久，他叫了一声:“出来了吗?”

又跑了出去。之后又很快跑进屋里，说:

“庄吉，你不能看哦。”

这时，外面不知是谁高声嚷嚷了起来。钓鱼船上的阿爹又说了声:

“出来了吗?”

他就又跑到了外面去了。

庄吉突然想到了。“啊!对了，是刚才说的阿爸的幽灵出来了。”

想到了这个，他的双脚就开始发抖了。钓鱼船上的阿爹又跑进屋来了，他说道:

“还没出来呢。那儿的泥可深着呢。”

这时，枝川的爷爷从前面进来了，庄吉“哇——”地大哭着扑了上去。

之后，庄吉就住到枝川的爷爷奶奶家去了。可是，爷爷奶奶也只顾自己低声说悄悄话，不怎么宠他，所以他觉得十分无聊。

就在正月的前一天，庄吉听说妈妈和爷爷都回家了。可枝川的奶奶却说:“你还是待在枝川吧。”

所以庄吉并没有马上回去。

庄吉是一直待到了初二的傍晚才回去的。他来到黑船桥上后朝自家的船望去，见爷爷正在晒场上用一把团扇给小风炉扇火。庄吉跑过板桥，“咚”的一声跳到了晒场上。

“爷爷，前几天你们去哪儿了?”

被他这么一问，爷爷就跟发牢骚似的回答道："啊，去了热海[1]。"

庄吉问道："热海在哪儿呢？"

爷爷像是生气了似的说道：

"是个好地方啊。可凉快了。"

说着，他就用团扇扇庄吉，还哈哈大笑了起来。

爷爷只要一提高嗓门庄吉就害怕，并且被他这么冷风扇着也实在受不了，于是他就逃走似的跑进了"二席间"。

妈妈正在"二席间"里躺着，听到动静后就一骨碌爬了起来。看到庄吉后，她脸色铁青地说道："你怎么冷不丁就跳进来了？吓死人了！"

随即又从盆里抓了好几个橘子扔给他，说：

"新年里已经运过橘子了。明天也很忙的哟。松内[2]就跟橘子箱一起过了。"

庄吉一边拾起滚落在地的橘子，一边说道：

"你们倒好，把我一个人扔下了去好地方玩。"

他这么一说，妈妈又扔了两三个橘子给他。

"这是拿到的小费，明天还能拿一箱呢。"

"在枝川的时候，总是一个一个地给我的。现在这么多，就全是我的了。"

---

1 译注：地名。位于日本静冈县东部、伊豆半岛北部，是有名的温泉疗养地。

2 译注：在日本，传说松树是年神的依附之物，故而正月里要在门口竖装饰性的松树，称为"门松"，直到新年过完才撤去。故而新年里也称作"松内"。

这下我可以吃个够了——庄吉高兴起来了。他想给钓鱼船上的阿芳看看，可带着橘子上岸跑去后，阿芳却不在家。

阿芳也总是给他各种各样的东西，有时候还会把自己正啃着的苹果给他。阿芳甚至还说过："你干脆就算是我们家的孩子吧。"

尽管爷爷说"不许去那小子那儿玩"，可去了他也没发火。

由于阿芳不在，庄吉就将橘子留下了一半，没有全吃掉。

一天，有人说仲町的不动明王那儿[1]闹鬼了。而且，那天庄吉家运的货也改了，又变成圆木了。庄吉拿着个装有炒黄豆[2]的有缺口的盆子，急不可耐地说道："快点卸了货回去吧。"

他是想早点回去撒豆驱鬼。可是木材堆场那儿的河道都很窄，急也没用。好不容易在东驹形[3]卸了货开始往回走的时候，已经是傍晚时分了。庄吉呆呆地望着挂在船头的沙丁鱼鱼头，突然看到了阿爸的幽灵！

那时船刚钻过撞木桥，驶过十字岔口，正要朝菊花桥方向驶去，突然不知从哪儿传来了一股臭味，就是有粪船驶过时的那种臭味。事实上也确实驶来了一艘粪船。而那粪船的船尾处，站着一个像是小工的男人。两船交会而过的时候，庄吉看了看那人的脸，不禁大叫了起来：

---

1 译注：指供奉着不动明王的寺庙。

2 译注：日本民间有撒豆驱鬼的习俗。

3 译注：日本地名。

“哇——！阿爸的幽灵来了！”

他大叫着跳进了“二席间”，猛地扑进了妈妈的怀里。

“你干吗？一惊一乍的，吓死人了！”

妈妈的脸色又变成了铁青色。站在发动机旁掌着舵的爷爷，立刻将目光扫向河里。

“是阿爸的幽灵啊。就在那儿——”

“你胡说些什么！”

爷爷大声说着，转向了妈妈：“我说，你看——，阿吉那家伙在粪船上呢。”

“还真是……”

说着，妈妈似乎反倒放心了。

爷爷跟发牢骚似的说道：

“还以为他死在路边了呢。你看看，呵呵呵——”

他笑了。妈妈也笑了，说道：

“那个死鬼的脸，我才不要看呢。”

爷爷在发动机上一屁股坐了下来，对庄吉说道：

“庄吉，你仔细看看，他是有腿的哟。”

“啊——，原来不是幽灵啊。”庄吉心想。

他再探头出去一看，不料那艘粪船已经拐弯，看不见了。他赶紧跑到船头，挥手高喊道：

“阿爸！”

这时船大幅摇晃了起来，庄吉差点跌倒。他“哇”地大叫一声，紧紧地抓住了防浪板。

白笑

这个村子位于坡度极大的山坡上，以至于邻居家的屋顶比自己家的房檐还低。一条湍急的小河从村中流过，哗哗的水流声喧嚣异常。

这条小河流到源造家门前时，仿佛已变成了瀑布，水声盖过了一切，连来个人都听不到动静。若不大声呼喊，屋里的人根本就不知道。

源造家的院子很小，却有一棵很大的柿子树。这棵树已经很老了，故而不怎么结柿子。即便结了，也是又小又涩的，即所谓的野柿子，只能让源造家那个才三岁的女儿过家家玩。不仅如此，用这些柿子做成的柿饼串[1]，也是她的美味点心。

这棵柿树一根粗壮的树枝在几十年前便伸过了小河和道路，够到三太郎家的柿子树上。

三太郎家的柿子树要比源造家的柿子树大多了，高耸笔直，是正宗的蜂屋柿[2]。其魁伟的身姿，就跟巨大的松树似的，甚至比村里的火

1 译注：将柿子皮剥掉后晒干成柿饼，用竹扦子串起来。

2 译注：原产于日本岐阜县美浓加茂市蜂屋町的一种涩柿子。果实硕大，呈椭圆形，籽少，适合做柿饼。

灾瞭望塔还高，以至于村里人都将三太郎叫作“柿子树下的三太郎”。

这个村子下面很远的地方，流淌着区分甲府盆地和峡东地区[1]的笛吹川[2]，两条高高的河堤就跟城墙似的。

源造家门前的小河和三太郎家屋后的大河，都是奔着笛吹川去的。三太郎家屋后那条大河，河面相当宽，村里的小河几乎都注入其中。

源造家的柿子树是指望不上丰收了，可三太郎家的柿子树却是有名的高产树。

“好多呀，约莫有三千颗了吧。”

“什么呀，去年结了四千颗呢。”

三太郎觉得所谓的甲州[3]名产柿饼，其发源地就是他家的这棵柿子树，故而十分自豪。

源造家柿子树的那根横枝，则成了孩子们攀爬、吊挂的游乐设施。

今年也结出了许多小柿子。

这会儿，孩子们正在水声哗啦啦的小河旁嬉闹玩耍。

源造叉开两腿坐在檐廊上，正在编织捞渔网。他只要一抬头，就

1 译注：甲府盆地是位于日本山梨县中部的盆地，处于日本大地沟带上，中间为釜无川、笛吹川等河流冲击而成的扇形地，为葡萄、桃子的特产地。峡东地区是指日本山梨县的山梨市、笛吹市、甲州市。

2 译注：日本境内流经山梨县的河，长约 46.5 公里。发源于秩父山地，向西南流经甲府盆地东部，与釜无川汇合后称富士川。据说因该河的水流声与传说《笛吹权三郎》中的笛声十分相像，故名。

3 译注：今在日本山梨县东北部。

能看到三太郎家的被果实压弯了的柿子树枝条。

居然结这么多，简直叫人来气。这些玩意儿又从早到晚地在眼前直晃荡，不由得让源造既眼馋又来气。

也不仅仅是源造，村子里不论是谁，只要“结了有五六千颗了吧”地想象一下，就气不打一处来。

“喂，听说了吗?三太郎家要娶儿媳妇了。”

“哦。”

由于是三太郎家的事情，所以，老婆跟他搭话，源造也只是懒洋洋地应了一声。

“忠太郎才二十一岁哦。”

“……”

“他是个独生子，也是个浪荡子，三太郎肯定是想早点让他安分下来啊。”

“……”

“忠太郎离家出走几次了?”

“……”

“有两三次了吧……”

“……”

“听说新娘子二十五岁了。”

“从哪儿来的?”源造不经意地问道。

“说是河对面正助的女儿。”

“这么说，就是阿菊了?”

“是啊。”

“哼哼。”源造鼻子里出气，微微一笑。

三太郎家的柿子树尽管让人羡慕，可他的儿子却是个冒失鬼，曾因参与打架而被打得身受重伤，还好几次掏空父母的积蓄跑到东京、热海浪荡。花起钱来大手大脚，是个不把钱花光绝不罢手的主儿。

“早点给他娶了媳妇，也好让他早点安生啊。”

“还能早点抱上孙子。”

“干农活也多个人手啊。”

“还能给我们做饭。”

如此这般，在早点给忠太郎娶媳妇这件事上，三太郎夫妇的意见是一致的。

娶河对面正助的女儿阿菊过门的这桩婚事，虽说双方的家长之间已经谈拢了，可作为当事人的忠太郎却不怎么上心。

“年龄比我还大嘛……”

相亲回来的路上，他这么说。可听他这口吻，似乎也并不十分讨厌，并非绝对不能接受。

“要不就娶来……”

他还像开玩笑似的说过这话。

每次听他这么说，三太郎夫妇就认定只要再加把劲儿，儿子就会答应的。忠太郎并没认真考虑过结婚之事，可在父母“快点成家，快点成家”的催促下，渐渐觉得“结个婚也不错”。本来，作为忠太郎的结婚对象是有好几个候选者的，可由于他的名声太坏，到最后，肯嫁给他的，就只剩下比他年龄还大的阿菊了。

考虑到忠太郎家在农民中还算是有钱的，耕地也比较多，所以阿菊家对这门亲事是比较积极的。再说，女儿二十五岁了，已经不能再拖了。

相亲时阿菊的态度十分主动热情，这也给忠太郎留下了好印象。只是他平时一向说话任性，看到父母极力想促成这门婚事，就跟撒娇的孩子似的说道：

“她这么热情，还不是因为年龄大了嘛。”

忠太郎的母亲净说阿菊的好处，极力劝说道：

“听说阿菊是个老实本分、干活儿勤快的姑娘啊。娶个年纪轻轻的媳妇，能顶什么用?!你要是娶比你还小的媳妇，家里不就跟多了个孩子一样了?就要阿菊这样的才好啊。她过了门，我们不知会多轻松呢!”

南阿尔卑斯山脉[1]在天边耸立着巨大的身姿，秋日的夕阳映照在笛吹川上，熠熠生辉。

三太郎引以为豪的那棵柿子树沐浴在夕阳之中，枝头已是果实累累了。三太郎日日夜夜都十分陶醉地望着笛吹川，望着自己的柿子树。

他想着，忠太郎的新娘子以及送亲的人们就要从笛吹川的对面过来了，在果实累累的柿子树下钻过，进入自己的家中。

1 译注：阿尔卑斯山脉是欧洲的著名山脉，19 世纪末借此称日本中部的飞驒、木曾、赤石山脉为“日本的阿尔卑斯山脉”。后来日本人进一步加以细分，称飞驒山脉为“北阿尔卑斯山脉”，称木曾山脉的“驹岳”为“中央阿尔卑斯山脉”，称赤石山脉为“南阿尔卑斯山脉”。

说不定会嫌低垂的树枝碍事。

那么就说一句：

“结得太多了，真是拿它没办法呀。”

然后帮着举高树枝，说：

“来，快点过去吧。”

这时要留神，不能让树枝擦到新娘子的发簪。

然后再说一句：

“结得太多了，真是拿它没办法啊。”

三太郎迫不及待地等着儿子成亲之日的到来。他还听说新娘子的嫁妆很多，多到了出人意料的程度。

“这下好了，忠太郎总算可以安定下来了，我和妻子也终于能够轻松一点了。妻子也上年纪了嘛，人一过了五十岁，就不得劲儿了。有时候她干活儿的样子，看着都觉得难受。忠太郎虽说在我眼里还是个小孩，可真娶了媳妇，他也会觉得不错的吧。或许刚开始还有些不愿意，慢慢地就会喜欢上。再说了，就算忠太郎是个孩子，可新娘子方方面面都会处理好的。要让小夫妻俩单独睡一个房间。把后面堆房的二楼好好整修一下，做个像样的新房。新娘子是个聪明伶俐的姑娘。今年的柿子也结了这么许多。”

虽说对于儿子的婚事，他们老夫妻俩都很高兴，三太郎尤甚。

“新娘子的嫁妆过来了——”

“听说嫁妆多得不得了啊……”

“快去看呀！”

村里的妇女们相互邀约着跑过了源造的家门口。

她们也招呼源造的妻子一起去看。由于源造家门前的水流声很大，她们还故意扯开了嗓门高喊。但这种招呼声听在源造的耳朵里，却有种指桑骂槐的言外之意。

源造的妻子铃子一听到召唤，立刻就冲了出去。

铃子嫁过来的时候，嫁妆少得可怜。只用一辆两轮拖车运来了一个箱子和一床被褥，仅此而已。直到如今，她还为当初的嫁妆之少而觉得在人前抬不起头来，甚至在聊天时一涉及嫁妆的话题，她就哭天抹泪的。因此，三太郎家儿媳妇携带大量嫁妆过门，自然就令她不快了。仅仅是一棵柿子树，就已经叫人来气了，还故意朝自己家大呼小叫的，不是有意挖苦还能是什么呢?

不一会儿，源造的妻子就回来了。她的眼中，毫不掩饰地闪烁着嫉妒的光芒。可是，除了望尘莫及，她还能说什么呢?

因此，她就在源造跟前一个劲儿地诉说起新娘子的嫁妆是如何之多来。

“两个衣柜、一个防鼠橱柜，还有好多被褥。”

“……”

“连插花跟茶道用具都有啊……”

“……”

铃子也十分清楚一声不吭的源造的感受。可到最后，她还是自暴自弃似的将自己挡在源造的眼前，大声喊道:

“说是明晚过门的时候，要穿着宽袖礼服[1]过来呢！宽袖礼服啊！”

源造也看着妻子的眼睛。看到了妻子的眼睛后，源造就觉得心疼得不行。

一时间，夫妇俩就这么对视着。源造感受到了难以忍受的苦闷。他逃也似的将目光从妻子的脸上移开，吞吞吐吐地说道：

“不就是河对面的阿菊吗？……要说她呀……”

他想说出一个至今一直深藏不露的秘密，可话都到了嘴边了，还是被他硬生生地咽了回去。

到了晚上，源造夫妇俩也还是闷闷不乐的。称赞新娘子嫁妆多的铃子，这会儿只想说几句坏话。

“没有放西式服装的衣柜嘛。”

她已经换了一副好像嫁妆还远远不够似的说话口气了。

关于这个话题，源造已经烦透了。

“你就这么眼馋她吗？！”

他怒气冲冲地回了一句。不过他觉得自己这么说话，似乎也在跟自己斗气似的。

恰在这时，屋门被“哗啦”一声拉开，慢吞吞地进来了一个男人。只见他带着一脸忍不住想笑的表情，熟不拘礼地进屋之后，就“啪！”地在源造的肩上拍了一巴掌，说道：

---

1 译注：日本未婚女子穿的，作为长礼服的和服。

“阿菊就要嫁到你近前来了，这可怎么好……”

这人是源造年轻时候的玩伴，住在邻村。

“你胡说些什么！”源造小声说道。

可那人的脸上却带着笑意。

“你知道阿菊？”源造的妻子问那来人道。

“知道呀。不过，源造应该比我更知道——何止是知道，他还尝到了别人都不知道的滋味儿呢！”

听了那人接下来所说的话后，源造的妻子不由得惊呆了。

“就是说，阿菊把她的童贞献给了源造。”

源造见事情已经全都给抖出来了，反倒无所顾忌了。

“那是很久很久以前的事儿了。那会儿，她还是个小姑娘，我呢，年轻的时候是个好色之徒。”

这话一说出口，源造自己也觉得是在吹嘘自己年轻时风流潇洒。

按理说，听到了这么个秘密，源造的妻子是应该生气才对，可她见源造那么轻描淡写地说出来，反倒笑了。这表明她知道了丈夫那荒唐的过去后，几乎没什么不快。

源造的妻子笑了。

因为她觉得这毕竟是她跟源造结婚之前的事了，更为重要的是，她由此获得了一种针对三太郎家的优越感，所以觉得很高兴。

然而，尽管源造的妻子现在才知道这个秘密，可这个男人在来他们家的路上，已经跟人说过好多遍了。

听到的人立刻就在村中传播开了。村里人全都爱听这种消息。因为新娘子的嫁妆太多、太好了，他们正想找碴儿发泄一下。对于村里人来说，比起时下的政府更迭，这个消息更与他们的生活息息相关。

一时间，这则消息就传遍了全村，还被蒙在鼓里的只有三太郎一家。人们拿它当成了喝茶时的谈资，有些人甚至还特意跑到别人家去加以传播。一些孩子见大人们喜笑颜开地窃窃私语着，就觉得准是在说什么好玩的秘密，不由得也竖起耳朵来偷听。而这些孩子中有的比较早熟，有的根本就没听懂，却都觉得在说关于新娘子的话题时，似乎最后是必须加上这么一段的。于是，这事儿自然也就不胫而走了。

那时，身穿宽袖礼服之新娘服装的阿菊，正坐在人力车上，在近亲的陪同下，从笛吹川的对面，朝着大柿子树而急匆匆地赶来呢。

阿菊坐在车上，身体微微摇晃着。她根本不知道那事儿已经家喻户晓了。当时只有阿菊一人坐在车上，亲戚们穿着印有族徽的礼服，全都神态庄严地围在人力车的四周。离开了从小长大的家，她自然觉得有些落寞，可她原先是因嫁不出去而在人前抬不起头来，现在好了，再也不用为此担心了。其实，亲戚们在她二十岁的时候就开始为她担心，已经担心了整整六年。一想到亲戚们再也不用为自己担心了，那种离别娘家的伤感就与发自内心的喜悦融为一体，令她不由得潸然泪下。这并非发自内心深处的哭泣，而是因感伤而落泪。在渡过笛吹川上的桥时，阿菊回头望了望自己的家，发现自己家的房子已离得很远，只能看见一个小点。

由于是人力车，走得跟步行一样慢，所以光是过桥就花了不少时间。过了桥，阿菊放眼朝前方望去，只见前方地势较高处耸立着一棵柿子树，那是三太郎家的柿子树，仿佛正在告诉她“就是这里哦”。可是，就在她看到这棵柿子树的同时——以前在家里时也总是这样——看到那棵柿子树就必定会想起源造来。

那已经是十年前的事儿了。当时的阿菊还只有十六岁，什么都不懂，被源造拖进堆房里夺去了童贞，事后回想起来就觉得懊悔、恐惧和羞耻。那会儿，她也看到了柿子树，并且觉得住在柿子树旁的源造是个可怕的山里男人。可随着岁月的流逝，那种感觉也就渐渐地淡薄了，尤其是后来成了嫁不出去的剩女，过上了心里没着没落的生活之后，她就多少有些自暴自弃，也就不怎么在意自己的身体了。在这种时候，即便想起了源造，她也不怎么觉得可怕了。当然，刚开始谈这次的亲事时，得知自己要嫁的那家有棵大柿子树，她也因源造的家就在旁边而不怎么愿意。可架不住父母一个劲儿地催逼，自己也觉得机不可失，过了这个村，还不知到哪儿才会有下一个店呢?再说，料想源造也不会将那事儿随便地说出去。更何况这种事儿，就算有人知道，也拿不出证据，自己只要一口咬定是“胡说八道”“莫名其妙”就是了。作为结婚对象的忠太郎不是个聪明人，只要巧妙地解释一下就能糊弄过去；而作为公婆的三太郎夫妇又是那样的老好人，就更不在话下了。就说那个源造，听说现在也有了孩子了，从那会儿的模样来看，也像是个机灵角色，不大可能自找麻烦将那事儿泄露出去。说不定，以后遇上点什么事儿，自己还能找他商量商量呢。因为不管怎么说，比起那个年纪没自己大，还好逸恶劳的忠太郎，反倒是源造更靠谱一些。

婚前就发生过男女关系的人现在多了去了，也没见闹出什么事儿来呀，所以说这种事儿是用不着放在心上的。或许应该说，自己还是嫁到那里去比较踏实呢。——阿菊人坐在人力车上，心里却如此盘算着，她觉得自己居然是个胆子特大、脸皮特厚的女人。

“这种想法，多么厚颜无耻啊!”她在心里对自己如此说道。

随即，她就将目光转向了自己的身上。脚边，放着一双穿有漂亮的趾夹带的厚底草鞋，草鞋旁堆着的则是足以令人瞠目的芍药花纹的金纱宽袖礼服。呆呆地望着这些，她就产生了一种自己似乎是个高贵之人的感觉。譬如说，是个古代大名[1]的公主。这么一想，她也就不再觉得自己是个厚颜无耻的女人了。看着这套美丽华贵的宽袖礼服，她就觉得无论遇到怎样的艰难险阻，自己也一定能闯过去。不用说，仅这套宽袖礼服，就是那些村里人从未见识过的，更何况还有那么多的嫁妆呢。茶道的用具也好，插花用的筒子也罢，不全都是村里人买不起的高档货吗?准备了这么多的嫁妆，想必男方定会大吃一惊的。就说那套茶道用具好了，市面上也有比这套稍稍便宜些的，即便带一套便宜些的过去，也是村里哪家都没有的了。随后，阿菊又望了望簇拥在人力车周围的亲戚们的脸。一个个都穿着考究，气度不凡。她顿觉底气十足，心想自己又何必杞人忧天，为那种无聊的小事儿而担心呢?再说，忠太郎以前不也去外面的什么地方浪荡过吗?现在毕竟是男女同权的时代，要是真被他知道了，就顶他一句:

“有什么好大惊小怪的?你不是也放荡过的吗?”

这时，人力车停了。阿菊回过神来一看，发现自己已经来到柿子树前了。随即，新娘子就像是被人架着似的，静悄悄地朝里屋走去。

1 译注：日本江户时代直接供职于将军，俸禄在一万石以上的领主。

里屋的壁龛前，并排摆放着两个特别大的蒲团。阿菊在其中的一个蒲团上坐了下来，摆出了一副公主架势。

当天晚上，婚礼结束后，新郎新娘就入了位于堆房二楼的洞房。

第二天晚上，要请村里人来喝喜酒，并展示新娘子的风采。收到邀请的是每户的代表，还有平时跟三太郎父子特别亲近的人。这些人全都上年纪了，所以关于那则传闻全都佯装不知，一个个的在席间都显得那么老成持重。

三太郎志得意满，满脸的喜气。

客人座位的后面，新娘子的嫁妆摆了一长溜。

正面的移门全都开着，柿子树上挂满了通红的果实，将树枝都压弯了。红色的柿子比绿色的树叶还多，数都数不过来，这种绚烂之极的盛况，简直就跟画中的景象一般。

紧张的氛围之中，三太郎带领着新郎新娘出来给客人们道谢。

客人们全都目不转睛地盯着新娘子猛看，仿佛要在她脸上看出个洞来似的。与此同时，他们的脑海里还浮起了源造的脸。

源造也受邀来了。他是离得最近的邻居，怎么可能不来呢?落座之后，席间的这种紧张氛围反倒令他镇静了下来。

不一会儿，酒端了上来。

三太郎、忠太郎和阿菊三人开始一个个地给客人斟酒。

三太郎尤其热情。

“来，请尽情地喝吧。这可是忠太郎一生中唯一的一次喜酒嘛……”

三太郎已经带着几分醉意了，他也想让客人们一醉方休。

开始行酒后，席上的气氛也随之发生了改变。刚才那种沉闷、滞重的氛围一扫而空，客人们脸上的表情欢快起来，连他们的身体都似乎变轻了。

依旧假装“老成持重”的就剩下源造一人了。三太郎也好，忠太郎也罢，都已经给他敬过好几次酒了，可他就是活泼不起来。

这时，席上开始传杯唱歌。源造觉得自己应该可以回去了。于是他连摆在面前的美味佳肴都没怎么吃，就瞅了个空子，退到了放木屐的地方。

但是，他立刻就被三太郎发现了。

此时的三太郎已经醉得不轻了。他攥着源造的手，硬是把他拽到了新娘子的跟前。

“喂，阿菊，这位就是住在我们家前面的源造叔，是我们家最近的邻居。所以，你要特别加以关照哦。”

三太郎无心说出的这句话，却让听到的客人们大吃了一惊。由于三太郎还什么都不知道，所以场面就显得尤为滑稽可笑。

这出可怜又可悲的滑稽戏还在继续。

“阿菊，快给源造叔斟酒啊。”

阿菊默不作声地给源造斟了酒。

客人中有一个叫作阿留的，平日里跟三太郎特别亲近。这人有个爱钻牛角尖的坏脾气，并且什么话都藏不住。

阿留以为三太郎刚才的那句话是在什么都已心知肚明之后说出来的，故而觉得在这种场合，自己不能袖手旁观。

他冲到源造跟前，跟教训人似的说道：

“喂，源造，可别太近乎了哟。”

这也是一句由于担心而说出的，充满诚意的话。

可别的客人听着就不受用了。大家都清楚，阿留一喝醉，就会与人纠缠不清，谁知道他还会说出什么话来，都不禁为他捏一把汗。

“这种没意思的话，你说它干吗?!”

有人冲他怒吼了一声。

可阿留依旧将手搭在源造的肩上，使劲儿摁着他说道：

“这可不是什么没意思的话哦。你看看三太郎，话说得多么的宽宏大量，你该感谢他的这份心意才对啊。三太郎真是个通情达理的人，你说是不是?那话背后的意思，你是听得懂的吧?”

阿留每说一句，就用力按一下源造的后背。酒劲上来后，他就啰唆个没完。最后，他用手摁着源造的脑袋，嗓门也拔得老高了。

随后，阿留又走近三太郎，像是要对他说什么话。三太郎听到了他们俩说的话，却一点也没听出味儿来，所以根本没在意。

这时，客人们的心都提到嗓子眼儿，觉得不能放任不管了。

“浑蛋!”

不知谁怒骂了一声。这些客人原本也是酒一下肚就粗话连篇的主儿。可即便这样，阿留似乎还不肯罢休，他又对源造怒吼道：“赶紧谢谢人家!”

客人们见喝不住阿留，就不免焦躁了起来。有人朝他扔筷子，有人朝他扔酒杯。

遭到猛烈攻击之后，阿留觉得非常遗憾：竟然没人懂自己的一片好心。

他十分懊恼地朝大伙儿喊道：

“你们都是些薄情寡义的家伙！”

粗哑的嗓音里透着愤愤不平的恨意。

“粗话连篇”的客人们，这会儿已升级为“火冒三丈”了，故而阿留这一嗓子话音刚落，他们就立刻扑了上去。

只要一个人先动了手，其他人就也都憋不住了。

刹那间，阿留就遭到了众人的拳打脚踢，就跟一个玩具似的，在他们中间滚来滚去，很快就失去了知觉。

等他再次清醒过来的时候，只知道自己正被什么人搂着走路。自己的脚步飘飘忽忽的，就像是在水里走路，也不知道到了什么地方。

眼睛什么都看不到。

最后，他只好紧紧地揪住搂着自己的那个人。

一会儿过后，他听到了流水声，搂着他的人让他坐了下来。

“浑蛋！”

说着，阿留依旧搂着那人的肩膀。他不仅脑袋和腰部被人踢得疼痛难忍，心里也憋屈得不行。

阿留用力搂着那人的肩膀，翻来覆去地说：

“新娘子早就被源造搞过了，怎么还能让他们俩亲近呢？”

然而，他不知道，此刻被他搂着的不是别人，正是新郎官忠太郎！

忠太郎的脸一下子就变青了。他立刻陷入了沉思：要照这么说，白天听到的那些话也是真的！

那是邻居家的孩子在路上聊新娘子时所说的话。

“宽袖礼服真好看呀！”

“听说新娘子被源造搞过了。”

忠太郎当时有些心不在焉，只觉得这话有些怪怪的，可也没怎么放在心上，很快就忘了。

现在听阿留这么翻来覆去地唠叨，他这才明白，原来这事儿连村里的小孩子都知道了！

忠太郎脸色铁青地站着，一动也不动。

阿留则还在痛苦地呻吟着。

第二天，从一大清早起雨就下得很大。

然而，三太郎家还是派人冒雨出去招呼一些比较近的亲戚前来会面。

也不光是三太郎家的亲戚，新娘子家的一些近亲，也派人去叫了。这是因为，忠太郎提出要解除婚姻。至于原因，忠太郎不肯跟父母说。他声称，等自己家的亲戚和新娘家亲戚都到齐了，他自然会公布要求离婚的理由，并得到两家亲戚的认可的。

等到两家的亲戚都会聚三太郎家，已是快入夜的时分了。

雨，还在下着，且越下越大。

两家的亲戚脸色阴沉地面对面坐着，每人面前都放着一只茶碗，但这些茶碗仿佛都是摆设，因为没人将其端起来喝一口茶。客厅里寂静无声，就跟守灵似的。这些人也就是前天晚上来参加婚宴的那批人。他们现在只想知道离婚的理由，别的一概不想。

“我希望各位一起来听一下我的理由，所以到目前为止，我连父母都没告诉过。”

忠太郎斜睨着亲戚们如此说道。他用的是绵里藏针故作庄重的演说腔。

他端端正正地跪坐着，继续说道：

“下面，就请允许我说说要求解除婚姻的理由。”

说到这儿他又稍稍停顿了一下。客人们顿时绷紧了脸部的肌肉。

三太郎也抬起了头来。

忠太郎重新站起身来，随即用手指着阿菊，平静地说道：

“那是因为——新娘竟然并非处女。”

这句话说完之后，他马上就想重复一遍。只不过刚才用的是他从一大早就开始琢磨的演说腔，而下面则是脱口而出的惯常口吻。

于是，他声嘶力竭地说道：

“就是说，新娘子不是处女！”

突然，三太郎“哦”地低声吼叫着站起身来，马上又坐到了忠太郎与新娘子之间。

三太郎紧盯着儿子的脸，一时间说不出话来。因为这个离婚理由，对于他来说实在是太出乎意料了。作为一个父亲，他原本以为新娘子是个无法实行性行为的女人。由于儿子一大早就嚷嚷着“离婚！离婚！”的，他满以为新娘子跟传说中的小野小町[1]似的是个性无能者，

1 译注：日本平安初期的女歌人，六歌仙之一，有多首和歌入选《古今和歌集》等敕撰集，有《小町集》传世。其美貌在当时极负盛名，曾入宫任女官。民间有关她的传说很多，这里暗指她是石女一类的性无能者。

心想儿子要求离婚倒也是没有办法的事儿，哪料想儿子居然提出了一个与之正相反的理由。这大大出乎了他的意料，以至于他一时说不出话来了。虽说村里人确实将处女当作新娘子的必要条件来考虑，不过他从忠太郎略显狼狈的样子中，反倒看到了一线希望，那就是，只要放弃了这一条件，不就能圆满解决离婚问题了吗？

没等三太郎开出口来，新娘一方的亲戚中就有人怒吼了起来：

“你胡说些什么！你有证据吗？！”

对于新娘一方的亲戚们来说，忠太郎如此出言不逊，简直就是在故意找碴儿。故而现在已经不是什么商量，明摆着就是吵架了。

忠太郎也暴跳如雷，已经没法跟人辩论了。他原本就是个看到别人打架都会上去横插一杠的主儿，所以觉得现在也只能靠拳头来解决问题了。

“浑蛋！”

他捏紧拳头朝新娘的亲戚一方猛扑过去。三太郎脸色刷白地扑向了忠太郎。随即他就扭住儿子的胳膊将他摁住。

“忠太郎！忠太郎！”

除了喊儿子的名字，他什么都说不出来。他一边说一边死命摁住忠太郎，不让他发飙。此时的三太郎，眉毛跟恶鬼头上的角似的倒竖着，牙根咬得嘎嘣响，脸上努出了一道道又深又粗的皱纹。忠太郎一方的亲戚见此情形，也都赶紧过来给三太郎帮忙，他们好说歹说，总算把忠太郎拖进了外间。三太郎将与里屋分隔开的门关紧后，恳求儿子道：

“忍着点……忠太郎，是我不好，我不知道这事儿。你要发火就冲我来好了。”

他急于稳住儿子，说话都带上哭腔了。

见父亲这么说，忠太郎倒也不好发作了。

“爸，这事儿不怪你。”

忠太郎嘴上这么说，可心里还是憋得慌。

“我成了全村的笑话。连孩子们都知道这事儿。”

三太郎也觉得儿子受委屈了。但他仍觉得不能为了这事儿就把婚事搞砸了，还想着极力挽回。这时，里屋中的阿菊也被自己的亲戚们团团围住了。

“那事儿是真的吗？”其中一人问道。

由于这些亲戚都住在附近的村子里，没一个是本村的，都没听说过那则传闻，因此，他们也都在等待着阿菊的回答。

阿菊只是一个劲儿地哭，并不回答。她连看都不敢看亲戚们的脸。她的内心充满了对源造的怨恨：就是那个家伙说出去的。太可恨了！

“喂，阿菊，那是真的吗？”

亲戚们还全都竖起耳朵等着。

阿菊心想，已经闹成这样了，哪能再说出真相呢？

“是的，是真的。”——这句话，她说不出来。即便她想这么说，也无论如何都说不出来。她拿定了主意：倘若不得不说的话，也要撑到最后才说。在此之前，能抵赖的话就坚决抵赖。

“没有的事！怎么会有这种事呢？”阿菊一边哭一边斩钉截铁地回答道。

在如此重大的场合，撒了这么一个弥天大谎，会导致怎样的结果呢?强烈的不安促使她继续哭了起来。

新娘一方的亲戚们听到阿菊的回答后，立刻就炸了锅。

“欺人太甚!”一人说道。

“真是太过分了!居然说新娘子是个残次品!”

他们嚷嚷着，“哗啦”一声拉开了通往外间的移门。于是，两家的亲戚就以门槛为界，对峙了起来。

阿菊的父亲怒视着忠太郎，像训小孩子似的说道:

“岂有此理!怎么能无中生有地冤枉人呢?”

停顿了一下之后，他又转向三太郎，愤愤不平地说道:

“说出这么伤人的话来……叫阿菊以后怎么做人啊!”

说完，就用充满怨恨的眼神，紧盯着三太郎的脸。

三太郎被人如此埋怨，心里却很高兴。他摇晃着忠太郎的肩膀，说道:

“听见没有?没有的事儿啊!没有的事儿嘛!村里的那些家伙是在作弄你呢。新娘子的嫁妆太多，他们眼红了。”

三太郎乐得都想蹦起来了。

忠太郎相信村里人所说的话，他知道人家并没有瞎说，可现在听说没这回事儿，倒也觉得自己的面子保住了。总之，他看了看新娘家亲戚的脸，又看了看自家亲戚的脸，已经不想再像刚才那样发飙了。他的这一神色，没有逃过三太郎的眼睛。三太郎满心喜悦地给新娘一方的客人们赔罪:

“真是冒犯大家了。都是村里的那些家伙太可恶。他们是出于嫉妒，才会这么胡说八道的，结果惹恼了忠太郎。我真是不知道该怎样向大家道歉才好啊。”

这么说了之后，他仍觉得对不起大家。紧接着他又凑近阿菊的父亲说道：

“村里小心眼儿的家伙可多了。就连我们家的柿子结得多，也会招他们眼红。”

说着，他就将目光投向了柿子树。阿菊的父亲也随着他朝柿子树望去。两位老人就跟第一次看到似的，凝望着被累累果实压弯了的粗壮树枝。

第二天早晨，三太郎起得比平时早。起床后，他就开始打扫院子。这是他每天必做的功课。他边打扫边朝堆房二楼的窗户望去。想到忠太郎和阿菊两人正在那个房间里睡着，他就放心了。可一想到“他们俩昨晚睡得和美吗？”，就不免又担心了起来。毕竟刚闹过那么大一场风波嘛。

“不管怎么说，那个传闻只是个恶作剧，总算还好啊。要是真的，会怎样呢？忠太郎是个任性的家伙，肯定不会轻易罢休的。他还是不懂事的愣头青嘛。要是我的话，就算是真的，也不会闹离婚。忠太郎真是个孩子啊。居然发那么大的火，唉，幸好不是真的。村里的那帮家伙也真是可恶。”

想到这儿，他甚至觉得昨天儿子那么大动肝火，简直有些可笑。现在虽说放心了，可在没看到小夫妻嬉笑打趣的样子之前，还是没法真正放心的。

这时厨房里有了动静，像是妻子起来了。不一会儿，阿菊也起来了。

“早上好！”

阿菊打招呼时的声音，还是颇有朝气的。三太郎心想，总算还好啊。他觉得被人如此造谣的阿菊，也实在是非常可怜，所以想安慰她几句。

“阿菊，你真是受委屈了。刚嫁过来就受了这么个窝囊气……忠太郎昨夜心情还好吧。”

不料阿菊却平静且大声地回答道：“不，不好啊。”

三太郎心想，那小子真不是个省油的灯啊，可他见阿菊似乎并不怎么在乎，他也就转念道：“随他去吧。”

对于这件事儿，三太郎比阿菊更为上心。不过他想到或许过上两三天，儿子就会安稳下来，就像是也让阿菊放心似的对她说道：

“他就是个任性的家伙，两三天过后，肯定消停的。”

其实，他这么说也是为了让自己放心。

忠太郎起床时，已经是十一点左右了。他起来后，一直阴沉着脸。洗过脸后，忠太郎就躺倒在檐廊上，闭上了眼睛。他对于那则传闻依旧深信不疑，现在回想起来，仍觉得很多事情都能对得上号。首先是源造似乎在有意回避自己。忠太郎跟源造原本就是每天都要见面的，可当大家都知道忠太郎要娶阿菊后，源造就拘谨起来了。现在想起来，忠太郎就觉得有些恶心。他心想，源造那小子面上拘谨，心里恐怕是在偷着乐呢吧。招待村里人喝喜酒的那天晚上，源造的表现也很反常。他没怎么喝酒，只是做做样子而已，又是最早要回去的，显然就是不愿意跟我打照面。这不就是铁证吗?还有，村里的那些家伙，不也都用嘲弄的眼神看着我吗?

事到如今，忠太郎觉得任何一件小事上都有那则传闻的影子。他尽管还闭着眼睛，可肝火已经蹿得老高了，心想要不要跳起身来再大闹一场?可那样的话，老爸肯定又会惊慌失措、手忙脚乱的。这让他觉得很麻烦，于是就作罢了。

忠太郎连午饭都没吃。母亲招呼他好多次，他也没心思去吃。看看母亲这副样子，他心想，他们老夫妻还真是般配，婚姻还真是圆满啊。忠太郎非常喜欢自己的父亲、母亲，他觉得父母都是这么好的人，简直就是天地之造化。

忠太郎闷闷不乐地一直待到了傍晚。

到了吃晚饭的时候，他到底还是觉得饿了。也难怪，从上午到这会儿，除了喝过几口水，他还没吃过任何东西呢。

晚饭准备好后，父亲三太郎就拉着忠太郎坐下。忠太郎这会儿也正想要吃饭，可被父亲这么一劝，他还是摆出一副极不情愿的样子，慢吞吞地吃了起来。他们家的餐桌很大，父亲跟忠太郎并排坐着。今天，三太郎十分难得地将一个肚大口小的小酒壶放到了忠太郎的面前，说道:

“忠太郎，你已经是个娶了媳妇的人了，每天晚上也得喝上两盅啊……我也陪你喝两盅……阿菊，以后每天晚上都要准备一点酒菜啊。我们家，以前是不怎么喝酒的，以后，多少要喝一点的……喝点酒嘛，也费不了几个钱。”

忠太郎见父亲给自己斟酒，心里不禁高兴了起来。父亲说“得喝两盅”，在他听来，就是“一定得喝两盅”的意思，尤其“每天晚上”

这四个字，更令他心动。一想到原来娶了媳妇自己就被当作正儿八经的大人看待了，每天晚上还一定得喝两盅，忠太郎就不免有些飘飘然。尽管这会儿酒还没下肚，却已经觉得酒有些上头了。几杯酒下肚之后，他又想，要是这样的话，传闻的事儿，我也就忍了吧。

第二天早晨，三太郎起床后，也是一边打扫院子一边焦急地等待着阿菊起床。

没过多久，阿菊就起床了。儿媳妇跟他一打招呼，三太郎就迫不及待地问道：

“我说，你们干了那活儿了吗？”

阿菊不知所措地低下了头。见此情形，三太郎就用像是在训斥似的口吻说道：

“怎么着，还没干吗？”

“不，不是的……”阿菊回答道。

“哦，原来干过了。那就没什么好担心的了。”——三太郎心中暗忖着，忍不住又问了一句：

“是昨晚干的吗？”

简直有点刨根问底的味道了。

阿菊认真地回答道：“是在成亲的那天晚上……”

三太郎想问的其实不是成亲那天晚上，而是儿子大吵大闹之后的事情。这才是他最想知道的。

“昨晚怎么样？”他直截了当地问道。

阿菊像是十分为难地说了句：“昨晚也……”就把头扭一边去了。

三太郎仍不依不饶地问道：“昨晚也干了，是不是？”

“是的。”

说完，阿菊就逃也似的跑开了。

三太郎心想：“好了。这下可就好了！”

他立刻跑到正在厨房里忙乎的妻子身边，兴冲冲地在她耳边说道：

“昨晚，他们俩睡一块了。”

妻子的脸上也露出了喜色。三太郎突然觉得自己夫妻俩真是上年纪了，仿佛已经远离人世，居然连问这种事儿都不觉得滑稽可笑了。而他看着妻子喜滋滋的脸蛋，又觉得妻子像是在夸奖自己。

就在这时，阿菊走进了厨房。她跟婆婆打了招呼后，婆婆就代替寒暄，用下命令似的口气说道：

“可得早点生个大胖孙子哦！”

三太郎也在一旁帮腔道：

“正是这话。这是女人的本分嘛……”

阿菊听了，倒也没显出一点不悦的神色。

一连几天就这么过去了。忠太郎净在玩，一点活儿也不干，似乎变得比结婚前更懒了。每天晚上跟父亲一起喝酒的时候精神头最足，酒几乎都是他一个人喝的。渐渐地他就不满足于小酌怡情，而是非要一醉方休了。他还经常不待在家里，流连于外面的弹珠店[1]等地方。看

---

1 译注：利用弹珠游戏变相赌博的店。

到他这种样子后，三太郎夫妇和阿菊心里都很清楚：忠太郎仍对那则传闻耿耿于怀呢。

这天的早晨，十分寒冷。柿子树高处的枝条上还有许多果实没摘，却已经降了霜。柿子经霜一打，就会发蔫、变软，但今年实在是太忙了，高处树枝上的柿子还没顾得上采摘。三太郎对那些柿子原本也不作什么打算了，留着自家人吃吃也挺不错，不过仍觉得还是早点采摘下来为好。

这一天，忠太郎领头，带着村里的一帮年轻人在氏族神的神社内搭建舞台，连午饭都没回家来吃。因为当天夜里要在那儿举办“农村慰安演艺会”。其实，所谓的演艺会，就是村里的年轻人表演一些自己编排的歌舞罢了。与其说是想通过歌舞表演来慰问村民，倒不如说是那帮年轻人想借此来慰问一下自己。

总之，上台表演的人大家都认识，村里人也很乐意看。舞台搭好后，通过扩音器播放的流行歌曲就响彻了全村。村民们在此乐声的催促下，早早地吃了晚饭，就出门了。太阳刚要落山的时候，舞台前就已经聚集了不少观众，一些上了年纪的村民还带了席子或蒲团来。天将要黑的时候，神社内就已经人满为患了。由于不断地有邻村的人赶来，所以到后来竟然拥挤到无立锥之地的程度。就在播放唱片而大幕尚未拉开的当儿，阿菊也跟她婆婆一起来了。原来是三太郎说儿子这么卖力地准备演艺会，让她们一定要去看，催赶着她们出来，而他自己则一个人留在家里看门。

渐渐地，站在舞台前面盼望着大幕快点拉开的人们就开始聒噪了起来。阿菊她们也有点等得不耐烦了。不一会儿，前面人群晃动起来，形成剧烈的人潮并迅速扩展开来，令人站立不稳。像是有人要分开众人横穿人潮而过似的。人群再次剧烈晃动起来时，阿菊紧紧地抓住婆婆的手，使劲儿站定脚跟，这才没有被人推倒。“什么人这么野蛮呢？”她心中极为不快。原来是一伙喝醉了酒的年轻人。“哎呀，是一群醉鬼啊！”观众们目送他们离去，不免连连摇头。阿菊发现忠太郎也在那里面，而且醉得特别厉害。不过她没跟婆婆说。

又过了一会儿，大幕拉开了，节目一个接着一个地表演着。都是些以电影主题歌为伴奏，并表演类似场景的舞蹈。每当更换节目，观众们都会议论出场的人是谁。

不一会儿，听到有人嚷嚷道：

“忠太郎！是忠太郎！”

“啊哈哈哈……”

阿菊便定睛看去，果然是忠太郎出现在舞台上。不过，他的打扮十分古怪，远远望去，即便知道他就是忠太郎，看着也不太像。也不知他是在哪儿化了装来的。只见他就跟小学一年级学生似的穿着一件很短的条纹上衣，脸上涂满了白粉，两个腮帮子上像太阳旗似的画了两块红斑。肩上挎着一个小孩子用的包包，手里拿着一根文明棍。忠太郎上台后，音乐没有响起来。可见当天并没有他的节目，他是心血来潮，突然登台的。忠太郎冲到舞台中央的麦克风前，自顾自唱了起来：

“我是你心中的丈夫的话，你就是娇美如花的妻子。”

他一边唱一边还挥舞着文明棍。由于事先没经过排练，所有的动作都只是即兴发挥，所以根本算不上歌舞节目。再加上他已经酩酊大醉，身子歪歪扭扭地直打晃。不一会儿，他就躺倒在舞台中央了，但他依旧挥舞着文明棍，似乎还想表演舞蹈。尽管忠太郎比自己的年龄小，可他毕竟是自己的丈夫，因此，阿菊看到了他的这副模样，还是惊得目瞪口呆。

忠太郎的母亲见儿子出现在舞台上，起初还以为他会表演什么精彩的节目，现在也大失所望，她十分遗憾地对阿菊说道：

“他喝醉了，不行了。”

谁知就在这时，忠太郎一骨碌爬了起来，对着麦克风开始演讲了。

“诸位，鄙人已于前些日子成婚，现将其情形编为歌舞，敬请观看。”

说着，他就用“浪花节”的腔调说唱了起来：

“老婆讨好老公，老公满足老婆。”

与此同时，他还加上了腰胯前后摆动的身段。台下的观众哄然大笑。因为谁都看得出，他这动作分明是在模仿男女性交。听到观众的笑声后，忠太郎也就越发起劲，腰胯摆动的幅度也更大了。还不光是腰胯摆动，他不停地往前挪步。见此情形，观众更是乐不可支，笑了个前仰后合。然而，由于忠太郎为了扮瞎子相，是一直闭着眼睛的，他这么不停地往前挪步，眼见着迟早会摔下台来。很快，人群中就爆发出了“危险!”“快停下!”的叫喊声。随即，从后台冲出来五六个人，拦腰抱住了忠太郎。

“忠太郎，别犯傻了……会摔下去的。”

听到有人这么说，忠太郎更是朝着台下的观众大叫道：

“是啊，我就是傻瓜！反正我已经是傻瓜了，那就做得像一个傻瓜吧！……”

此刻的台上已是一片混乱。台下的观众大声嬉笑着，全都觉得十分有趣，只有阿菊臊得不行，她赶紧拽着婆婆的手一起出来了。

阿菊和婆婆回家后，三太郎就前去接忠太郎回家，可到了演艺场后却怎么也找不着他。他们三人都觉得忠太郎很快就会回来，便在家里等着，一直等到了很晚。从神社方向传来的播放唱片的音乐声，到了夜里两点钟左右才停歇。想必那里歌舞节目不断，一直持续到那会儿才结束吧。等到唱片声停止，观众全都回去的时候，村里的一个年轻人跑来报信道：

“忠太郎倒在阿浜家的门前了。”

三太郎大吃一惊。

“不好！”

他大叫一声，朝阿菊使了个眼色之后就冲了出去。阿菊也紧随其后，跑了出去。三太郎一边跑，一边说道：

“那儿可去不得啊。那个叫阿浜的寡妇，可是个出了名的破鞋啊。”

当他们跌跌撞撞，连滚带爬地跑到阿浜家的时候，见忠太郎正躺在那个寡妇的屋檐下呢。

被带回了家且清醒过来的忠太郎，又开始大声怒吼了起来：

“阿菊跟源造确实有那么档子事儿！”

其嗓门之大，让三太郎也不知如何是好。阿菊憋屈得不行，只能一声不吭地强忍着。

忠太郎如此这般地胡言乱语了一阵之后，又睡着了。然而，阿菊可睡不着了。她心想，尽管忠太郎喝醉了，可他这么大喊大叫地羞辱自己，就不仅是今夜的事儿了，将来这日子怎么过，也得好好考虑考虑了。

与此同时，她又怨恨起源造来。他为什么要将这事儿告诉别人呢?她怒火中烧，愤懑异常。忽然，她想到了一个主意：把源造带到这儿来，让他亲口说“没那回事儿”。这样的话，以后就谁都不会再提这事儿了吧?对!就是这么个主意。

这时，忠太郎已经睡着了。阿菊悄悄地站起身来。不过此时三太郎夫妇还没睡，见阿菊站起身来后，三太郎就说：

“阿菊，今夜就让忠太郎睡在这儿好了。到了明天，他就会后悔的。他一喝酒，就会这样。你别放在心上。今晚你就自己回堆房二楼睡去吧。”

听公公这么说，阿菊就默默地走下了土间。穿上木屐后，她装出去堆房的样子，实际却转到了大门口。

夜，已经很深了。来到了屋前之后，阿菊就“呱嗒呱嗒”一路小跑着来到了源造家的大门口。

“喂!开开门!开开门!”

喊了几声过后，屋里还是没有动静，像是全家都睡得很死。源造家前面那条小河，流水很急，即便到深夜，自然也仍是十分喧嚣的。阿菊朝小河落差很大、急如瀑布的那部分望去，见一根粗大的树枝，像一条大蛇似的横在那儿。那根树枝竟有一尺来粗，在黑暗中默默地宣示着自己的存在。阿菊直愣愣地望着那根树枝，突然冒出了一个从未有过的念头：我在这个可恨的源造的家门口上吊自尽吧。源造那家伙要是看到我吊死在这根柿子树的粗树枝上，他的良心一定会受到严厉的苛责。

想到这里，阿菊觉得自己死了也无妨。而连死都不怕了之后，她的内心也就越发地狂野起来：反正要死了，那就先大闹一场。轰轰烈烈地大闹一场之后，再死给他看。既然要死，也要死得让源造没脸做人！

阿菊狂暴地敲打起源造家的大门来。小河的流水声仿佛也在与之相配合，哗哗作响。现在的阿菊已经成了半个疯子了，只知道拼命敲打大门。屋里的源造夫妇已经醒了。“谁?”“外面是谁?”他们躺在被窝里轮流发问。但只顾敲门的阿菊根本听不到他们的声音。最后，源造夫妇只得起床。源造的妻子打开了大门。阿菊见大门打开后，源造夫妇并排站在面前，直愣愣地瞪着她。其实源造夫妇也并没有瞪着阿菊，只是由于吃惊而显得目瞪口呆而已。但阿菊认定自己就是这样被他们恶狠狠地瞪着，而这一感触又进一步激发了她的斗志。

“源造，都是你干的好事!你把我害苦了!今晚我们家里又闹上了……都怪你到处乱说。”阿菊发疯似的说道。

源造不知所措，什么话都说不出来。阿菊虽说已经豁出去了，可说了这些话后，自己的脸也涨得通红。见源造一声不吭，阿菊不禁又拔高了一档嗓门。

“快!你快到我家去，当着大家的面，清清楚楚地说‘没有那回事儿’。要不然，我可就没法在那个家里待下去了。”

源造低垂着脑袋，还是一声不吭。阿菊冲进屋里，一把揪住源造肩膀处的睡衣，拼命往外拽。源造被阿菊的气势所压倒，毫不反抗地随着她跨出了门槛。阿菊见源造很听话，也就越发地强悍了。她再次冲进屋里。这次她揪住了源造妻子的肩膀。

“快!你也来，来我家做个见证。”

说着，她也用力地拖拽了起来。然而，源造的妻子却不像源造那么老实，她非但不跟着阿菊出去，还晃动肩膀，挣脱了阿菊的手。

“我干吗非要跟你去?”

说完，就恶狠狠地瞪着阿菊。她心想：这个女人也太不要脸了吧!明明被我男人搞过了，还吵上门来嚷嚷着“没搞过”。这还不算，竟然还要我去做什么见证人，真是吃错药了!——正因为她知道事情的真相，所以底气十足。而阿菊尽管外表凶悍，心里面却是畏畏缩缩的。她没想到源造出乎意料地听话，而他老婆却寸步不让。

阿菊为了不至于露怯，扔下一句“那就让源造跟我去好了”，便跑了出来。随即，阿菊又揪住源造的肩膀说道：

“快!你现在就跟我去!”

催他赶紧上路。于是源造就像一个被巡警逮住了的小偷似的，跟着她去了。

来到了三太郎家柿子树下后，阿菊停下了脚步。她像是要在进屋之前，跟源造发几句牢骚。

“源造，那件事情，你为什么要告诉别人呢?”

话一出口，阿菊的脸上就布满了哀怨。

源造心想，一定要让阿菊知道：因为自己的妻子已经知道了，所以就原原本本地告诉了她。不过也只告诉了她一个人。自己并不想让别人知道。

“阿菊，不是我说出去呀。是一个知道过去事情的人说出去的。”

听了这话，阿菊大吃一惊。她认准了是源造说出去的，结果却不是。为此，她倒松了一口气。虽说这事儿已经尽人皆知，可她似乎又觉得这过程是不同的。源造继续说道：

“被全村人这么指指点点的，我的日子也不好过嘛。我又怎么会随随便便地说出去呢?!”

阿菊对于源造的怨恨消失了。她心想，原来源造跟自己一样，也在受着同样的折磨。这么一想之后，阿菊就觉得源造也很可怜。她心里轻松了许多，仿佛那件事已经解决了似的。

“总之，现在我无法可想。只有让你去对我家里人说清楚了。”

说着，她就朝自己家走去。

这会儿，屋里的三太郎夫妇正打算睡觉。阿菊将源造带进屋后，就前去叫醒忠太郎。

“喂!快醒醒!我把源造带来了。你听听源造怎么说!”

把源造带回家后，阿菊就好像多了个帮手，显得底气十足，仿佛这下该轮到她发飙了。

三太郎见源造半夜三更前来，觉得怎么着也要将忠太郎叫醒，并让他跟源造道个歉。

“忠太郎，源造来了。都是因为你胡说八道的，源造也很担心，所以就来了。”

忠太郎睁开了一点点醉眼蒙眬的眼睛。他霍地坐了起来，说了句：

“我才不要看源造那家伙的脸呢!”

说罢，就晃晃悠悠地走出去，自顾自上堆房的二楼去了。三太郎觉得实在是对不住源造。

“源造，对不住了。忠太郎他喝醉了，你别介意。明天早上，我好好说说他。”

三太郎这么一打招呼，源造也觉得很过意不去。因为似乎他还什么都没说，就已经完事儿了。又见反倒让三太郎夫妇跟自己道歉，就觉得不说点什么是不行的。可他又不知道该说些什么才好。不过，在临出门的时候，他总算说出了一句话:

“知道没那事儿就好了嘛。”

阿菊默不作声地目送着源造出去。看着源造的背影，她觉得他确实是个好人。这时的阿菊，心里已不去想忠太郎了，只是翻来覆去默念着“那事儿不是源造说出去的”。

第二天晚上，忠太郎又喝上了酒。尽管他今晚没说什么怪话，可他心里似乎仍在闹别扭。三太郎看着儿子的脸蛋说道:

“忠太郎，你好像已经喝上瘾了。”

虽说劝忠太郎喝点酒的就是三太郎，可他也没想到忠太郎每晚都是这么个喝法，自己又多了一个心病。

当天夜里，堆房的二楼上，阿菊看着睡也没个睡相的忠太郎的脸，不由得连连叹气。她觉得自己嫁给这么个孩子似的男人，已经难以忍受了。这样的人怎么可以称为“丈夫”“老公”呢?偶尔非得这么称呼的时候，她甚至觉得有些恶心。忠太郎睡着后的脸，完全就是一张孩子脸。这时，阿菊的脑海里又浮起源造那张刚毅的脸来。忠太郎是个不听话的孩子，可昨晚的源造却对阿菊百依百顺。阿菊心想，或许真正的男人，是能够顺着自己的心意来的。想到那事儿也不是源造说出去的，她就觉得自己不应该那么怨恨他。渐渐地，阿菊就感到，与其这么看着忠太郎的睡脸，还不如去跟源造见个面呢。于是她就想跟昨晚一样，到源造家去一趟。

阿菊望着忠太郎的睡脸站起身来。夜，似乎已经很深了。来到屋外后，只听得“哗哗”的流水声，十分喧嚣。她心想，有这流水声盖着，别人也听不到说话声吧。不管怎么说，非得跟源造说说话不可，说什么都行。

阿菊来到源造的家门口后，跟昨晚一样，狂暴地敲起了门来。屋里响起了一阵“咯噔咯噔”的脚步声之后，门开了，露出了源造的脸。屋里面源造老婆的脸也清晰可见。虽说与昨晚不同，阿菊今晚不是来吵架的，可看到了源造的老婆后，心里也来了气。看源造的样子，似乎他觉得今晚阿菊前来，就是继续昨晚的事。

“你随我来一下。”

阿菊用与昨晚同样的口吻说道。不过有一点是与昨晚不同的，那就是，她说的时候，脸上荡漾着笑意。她要告诉源造一件事，因而故意露出了笑容。

“又有什么事儿?”

源造来到了大门口。阿菊一声不吭地转身离开了。源造也随即跟了上来。他是关了门出来的。阿菊心想，这下子，屋里的源造老婆就看不到了。她来到“哗哗”流水的小河边，站定了身躯。

“我说，该怎么办呢?我正想着要不要回娘家去呢。”阿菊说道。

“那怎么行?”

源造说道。随即他又补了一句:

“更别说你自作主张地跑回去了。”

黑夜中，阿菊那张含笑的脸显得那么白皙、娇媚。她凝望着源造。

“那该怎么办才好呢?人家就是来问你的嘛。”阿菊说道。

“……”

源造神情迷茫，显得不知所措。

“我在这儿待不下去，还不都是因为你嘛。”

阿菊有些强人所难地说道。

“……”

源造默不作声。阿菊悄然地伸出手去，一把捉住了源造的手。

源造还是默不作声，并且一动也不动。阿菊手上使劲儿，用力捏了一把源造的手。突然，源造甩开了阿菊的手。

“都是我不好!”

源造说道。他是在为过去的事情道歉，还是在为传闻道歉呢?不得而知。

“你道歉又管什么用呢?”阿菊说道。

她心想，要是源造答应的话，自己情愿跟他做夫妻。就是说，跟忠太郎离婚，跟源造结婚。

突然，源造一屁股坐到了地上，随即就双手伏地，说道:

“我给你跪下道歉了，过去的事情，就让它过去吧。”

源造的这一举动大大地出乎了阿菊的意料。她是来跟源造商量自己离开忠太郎后回娘家去的事儿的，可源造却一个劲儿地跟她道歉，这算是怎么回事儿呢。

“你道什么歉呀。人家是来跟你商量离开那个人家的事儿的嘛。”阿菊说道。

说了这话之后，阿菊又发现，在双手伏地、将破旧的浴衣当作睡衣穿着的源造身上，一点也看不到他在为自己着想的样子。他只想从自己身边溜走。阿菊觉得自己遭到了背叛。源造昨天的表现，让阿菊以为他什么都会听自己的，可他现在这副模样，似乎说明他已经背叛自己了。这么一想，阿菊又开始怨恨起源造来了。她默默地俯视着源造，脸上浮起了笑意。她觉得自己居然会对这么个不中用的男人心怀希望，简直可笑；居然还以为源造喜欢自己呢，哪儿有这种迹象呢，一丝一毫也没有嘛。

“浑蛋!”

阿菊在嘴里含混地嘟囔着。随后，她又“哼哼”地轻声笑了起来。

她已经不想再跟这样的男人说话了。不仅如此，甚至还想将口水吐在他的身上。

在几天过后的一个晴朗的日子里，阿菊独自一人，走过了架在吹笛川上的大桥。她回娘家去了。离婚的事儿已经谈妥，这会儿，阿菊的父亲和亲戚们正在三太郎的家中，跟对方商量善后事宜。阿菊一个人先回去了。

虽说天气晴朗，可冬天里的风还是寒冷刺骨的。寒风吹动了阿菊的袖兜。她回想起自己身穿宽袖礼服，坐着人力车过这座桥，也只不过是二十天之前的事情。虽说回到了娘家自己就成了“回笼货”，可她还是觉得要比待在忠太郎身边舒畅一些。然而，眼泪还是不由自主地涌了上来。

“哼哼——”

一想起忠太郎的脸，阿菊就不禁微微地笑出声来。她的眼中挂下泪来，嘴里却发出了笑声。

“离开了那么一个傻瓜，真是谢天谢地啊！”

她心中暗忖道。然而，一想到忠太郎，源造的脸蛋也随之浮现在眼前。

“呵呵呵——”

阿菊的嘴里又发出笑声。她心里想的是：

“唉，又是个傻瓜！”

《楢山节考》

（三幕剧本）

出场人物：

阿玲	六十九岁	
辰平	阿玲的儿子	四十五岁
阿玉	辰平的续弦	四十五岁
袈裟吉	辰平的大儿子	十六岁
凡吉	辰平的二儿子	十二岁
留吉	辰平的三儿子	八岁
阿丘	辰平的小女儿	三岁
阿松	袈裟吉的妻子	十五岁
阿又	邻居家的老人	七十岁
东造	阿又的儿子	四十二岁
飞脚	阿玉的哥哥	四十八岁
阿照	五十岁左右男性	
阿龟	四十岁男性	
阿石	四十岁男性	
阿元	三十五六岁	

第一幕

第一场景　树墩儿处的阿玲家

地点：信州的山村。

时间：江户末期。夏天。

大幕拉开：阿玲的家。简陋的农家。长长的檐廊和客厅。正面有一扇可通往里面储藏室的门。舞台右侧有个旧衣柜，衣柜上面有个佛龛，佛龛的上面是橱柜。檐廊右侧有扇窗，可用防雨窗套将其关上。舞台左侧是狭窄的土间和灶头。

房屋的外景：舞台左侧是堆房和小溪。舞台右侧是阿又家的房子，仅露出一点。屋前的路在舞台左侧。路与低矮的树篱交界处有个榉树的树墩儿。

大幕拉开时，凡吉、留吉与邻居家的两三个孩子在树墩儿上玩耍着。袈裟吉躺在客厅里。

留吉：（颇为自豪地）我们家，有好多蚕豆哦。

邻居家孩子 A：我家里也有好多。

邻居家孩子 B：我家里也有好多。

留吉：藏在哪儿了，你知道吗？

邻居家孩子 A：我知道。

留吉：我们家的话（用手指着正要说）……

凡吉：留吉，这可不能说啊。就是为了要在过冬的时候吃才藏好的嘛。

留吉：哥，到冬天就能吃了，是吧？

邻居家的孩子又开始玩开了。

留吉：我们家，有好多蚕豆哦。

邻居家孩子 B：我家里也有好多。

袈裟吉爬起身来，来到树墩儿处。

袈裟吉：留吉，豆子放在哪儿，你知道吗？

留吉：……

袈裟吉：前一阵子一直是放在堆房里的，可后来不知道又被奶奶藏到哪儿去了。你知道藏哪儿了吗？留吉，你要是告诉我，我也会给你一些的。

留吉：会给我一些？

凡吉：留吉，不能说啊。那是冬天吃的，现在就吃，冬天就没的吃了。

袈裟吉：你闭嘴！（骗人似的）留吉，在哪儿？你告诉我，我就给你吃。

留吉：真的吗？那我就告诉你吧。就在佛坛上面的橱柜里呀。（用手指着橱柜。）

凡吉：傻瓜。

袈裟吉冲进屋里，来到佛龛前。由于橱柜太高他够不着，他又去搬了个垫脚的东西来，然后从橱柜的深处拽出一个大口袋。凡吉和留吉跑到了袈裟吉的身边。

袈裟吉：（面向邻居家的孩子们）你们，快回家去吧。快，快回家去吧!（孩子们都回去了。）

袈裟吉抓了两大把豆子放入怀中，然后将装豆子的袋子放回橱柜里。

袈裟吉：给你。（对着留吉）一颗、两颗、三颗。（数了三颗豆子给留吉。）

凡吉：哥，也给我点吧。

袈裟吉一颗颗地数着，也给了他三颗。

凡吉：哥，你也只能留三颗。

袈裟吉：笨蛋!我能跟你们这些小屁孩儿一样吗?

阿玲背着阿丘从外面回到树墩儿处（从舞台左侧上场）。看到屋里的情形后，就慌忙跑了过去。

阿玲：浑蛋！这是糟蹋东西啊！你们这些浑蛋！（将阿丘放在檐廊上。）

收回凡吉手里的豆子，又收回留吉手里的豆子。

阿玲：袈裟吉，你真是糟蹋东西啊。快！快把豆子都放回去！

袈裟吉不情愿地掏出豆子放回到橱柜里的口袋中。掉出了两三颗豆子。留吉飞快捡起豆子，放入口中。

阿玲：你们就这样糟蹋宝贵的东西，真是胡闹啊。到了冬天该怎么办？袈裟吉，你年纪最大，要管着点弟弟们。快，将你怀里的，统统放回原处。

袈裟吉又从怀里掏出豆子来放回橱柜里的口袋中。掉出了一颗豆子。凡吉飞快地捡起豆子放入口中。

阿玲：（拍打了一下凡吉的脑袋）浑蛋！不许学着袈裟吉干坏事儿！（袈裟吉正要出去。）

阿玲（一边抱起阿丘，一边说道）：袈裟吉，前些日子，你是不是也在堆房里偷豆子来着？所以，我才把豆子藏在佛龛上面的。你倒好，又来偷豆子了。（走到佛龛旁）到这儿来！（袈裟吉进屋。阿玲按着袈裟吉的肩膀，让他在佛龛前坐下。）快!向老祖宗求饶!还没到冬天，你就吃起豆子来了。你知道吗?豆子也好，什么也好，都是老祖宗留下来的。老祖宗给我们整治了田地，还给我们留下了玉米的种子、“白萩花”的种子。老祖宗上了山，保佑着这个家。快!向老祖宗求饶，说下次再也不敢了。

袈裟吉在佛龛前跪了下来，双手触地。

袈裟吉：我错了。（他稍稍低下头，又高高地抬起来，鞠了个躬。）

阿玲：朝山的方向也求个饶。

袈裟吉面对着山的方向——即花道[1]的方向——双手触地跪着。

袈裟吉：我错了。（他稍稍低下头，又高高地抬起来，鞠了个躬。）

袈裟吉的怀里又有豆子掉出来。阿玲急忙将其捡起来，随即又将手伸入袈裟吉的怀里摸索。

1 译注：日本旧剧场中供演员上下场的，深入观众席中的走廊。也能作为舞台的一部分在此表演。

阿玲：糟蹋东西啊。（又掏出了两三颗豆子。）

袈裟吉走到树墩儿处，回过头来，朝着阿玲作嘟囔抱怨状。

袈裟吉：奶奶，你是想自己一个人吃吧？(稍作停顿）你是想吃独食吧。行啊行啊，你的牙口好着呢，行啊行啊。

袈裟吉走了。阿玲看着他的后背。

阿玲：浑蛋！还指望着它熬过冬天呢，我怎么会吃呢？

阿玲发着呆，随即像是忽然想起什么似的，走到佛龛前，从里面取出打火石。环视四周，用左手遮住嘴巴，右手持打火石敲打牙齿，(远处传来说话声）稍停片刻，再次敲打牙齿。

飞脚来到屋外，朝屋里张望。

飞脚：树墩儿处的阿玲家，就是这儿吗？

阿玲放好打火石。飞脚来到檐廊处。

阿玲：正是。您是哪位？

飞脚：我是从对面的村子来的。

飞脚坐在檐廊上。阿玲也端端正正地坐下。

飞脚：我是受人之托，从您娘家那儿过来的。

飞脚扫视着屋里。

飞脚：前天，出了一个寡妇。我心想，这不是正合适吗?

阿玲：啊呀，那可真是辛苦您了。多谢!多谢!

飞脚：年岁有四十五了，不过是个温顺贤惠的人哦。

阿玲：我们家辰平也是四十五岁，正合适啊。多谢您了。

飞脚：是吗?这么说来，还是同岁呢。

阿玲：辛苦您了。我呢，一过了年，就要上山去了。

飞脚：……

阿玲：这下可好了。我上山之前，也没什么可担心的了。上山后要用的草席，三年前就编好了。（凑近飞脚说）上山前请客用的东西，虽说也没什么大不了的，可无论是“白萩花”还是米酒，都已经准备好了。新媳妇过来之后，我就可以放心地上山去了。谢天谢地啊。

飞脚：阿婆你可真是个好人啊。（凑近阿玲）我说，上山这事儿，不用着急吧?

阿玲（低声）：看你说的，当然是早去的好了。早去的话，或许能得到山神的夸奖啊。这家里，我婆婆上山去了；对面的村子里，我妈也上山去了。先去的人，都在等我呢。

飞脚：……

阿玲：（脸朝着一旁）她们肯定在山上等着我呢。（站起身来，往碗里倒热水）我说，她什么时候过来呀?

飞脚：前天刚办完亡夫的丧事，怎么着也要过了“七七”吧。

阿玲：是啊。那就麻烦您带个话吧——过了“七七”，马上就来。

阿玲从佛龛上面的橱柜里抓出了一把豆子。

阿玲：您带着路上吃吧。

飞脚：啊呀，这怎么好意思呢?

阿玲：快藏好，我可不想被人看见啊。

飞脚：哎，真是不好意思。（用手巾包上豆子后放入怀中）好吧，我就带回家去吧。

阿玲：您一个人吃吧。边吃边走。

飞脚：我带回家去。多谢了!

飞脚将豆子揣入怀中。

阿玲：您这么快就来送信，真是辛苦您了。所以您就一个人吃好了。

飞脚：谢谢!我带回家去，到了冬天再吃。

阿玲：辛苦您了。

飞脚：我也放心了。老实说，她成了寡妇，正不知道怎么办呢。这事儿这么快就谈妥了，您老又是这么个好人，我这下可就放心了。（站起身来）那么，就这样了。过了“七七”她一准儿过来。拜托了。

飞脚走到树墩儿处时，阿玲慌忙叫住他。

阿玲：喂，我说，要来的那个媳妇，她叫什么名字?

飞脚：啊，您看我这人，忘东忘西的。她叫阿玉。

阿玲：叫阿玉吗?好啊，好啊。我再叮嘱一句，过了“七七”，可要让她马上过来的呀。等我儿子回来，我也会跟他说的。

飞脚离去，阿玲望着他的背影。

阿玲：我们可等着呢。

剩下阿玲一人。阿玲抱起阿丘。辰平回来了。辰平来到树墩儿处卸下背篓，坐了下来。阿玲在屋里看着辰平的后背。

阿玲：喂，你有媳妇了。从对面的村子里过来，是前天刚成了寡妇的。

辰平：是吗?是从对面的村子过来的呀。这么着，我们家连着两代，媳妇都是从对面的村子里过来的了。几岁了?

阿玲：说是叫阿玉。四十五岁，跟你同岁。

辰平：行啊。反正事到如今，我也没了色心。啊哈哈。

阿玲走到树墩儿处。

阿玲：刚才，飞脚来过了，说是一过了“七七”，就马上过来。

辰平从阿玲手里接过阿丘，抱着。

阿玲：好事儿啊。要是没个媳妇来……这下可好了，我也就没什么撂不下的了。

蹩脚的歌声：

楢山祭哟来三次了
栗子树哟也开花了

阿玲将耳朵转向歌声的方向，窥视着辰平的脸。辰平正撅起下巴，也在听着。

阿玲：我说呢，快过节了，怎么还没人唱呢。

辰平：……

阿玲：这不，总算有人唱了。这祭祀的歌，今年我也是最后一次听了。早就想，快有人唱了吧?怎么还没人唱呢?虽说今年比往常要唱得晚了些，可总算是有人唱，我也就放心了。再说，新媳妇的事儿也说定了嘛。

盐铺的阿酉运气好啊
上山那天哟下了雪

随着歌声响起，舞台逐渐变暗。

鼓声响起。

夏天最讨厌呀路上不好走
蜈蚣加长虫哟还有赤链蛇

随着歌声响起，舞台变亮。

第二场景　树墩儿处的阿玲家

孩子们都在屋里。阿玲抱着阿丘，坐在檐廊下。

阿玲：凡吉，后天就要过节了，我还有许多事情好做呢，你来背一会儿阿丘吧。

凡吉：“白萩花”，今晚煮还是明天早上煮？

阿玲：傻瓜。要到后天早上才煮呢。

凡吉背着阿丘唱歌：

榧树家的阿银呀是个臭婆娘
包着头巾呀抱着老鼠崽

阿玲：别唱了，别唱了。唱这样的歌，要是被榧树家的人听到了可不好啊。快别唱了。

袈裟吉回来了。凡吉还在唱歌：

夏天最讨厌呀路上不好走
蜈蚣加长虫哟还有赤链蛇

阿玲在树墩儿处整理木柴。

阿玲：“夏天最讨厌”是因为路不好走啊。说的是，因为路不好走，所以就不要在夏天里上山了。

凡吉：为什么夏天里路不好走呢？

阿玲：嗯，是这么回事儿：夏天上山的话，路上有蜈蚣啦，蛇啦，吓人的东西。“夏天最讨厌呀路上不好走 / 蜈蚣加长虫哟还有赤链蛇”——就跟这歌里唱的一模一样。我最讨厌蛇了，所以要上山的话，肯定冬天去。

袈裟吉：（坐在檐廊上）那是因为，夏天去的话，老也死不了，不好办哪。

飞脚又来了，坐在树墩儿处。

飞脚：几天没见了啊。

阿玲：啊，你几天前不是来过的吗?不就是从对面的村子过来给我儿子说媳妇的那位吗?

飞脚：是啊。不过今天我可是为了别的事儿来的。

阿玲：不会是那媳妇不来了吧?

飞脚：不是。我来告诉你，你妹妹昨晚死掉了。

阿玲：哎?我那个住在对面村子里的妹妹，死掉了?(呆愣住。)

飞脚：就在昨天晚上，突然就死掉了。

阿玲离开树墩儿处，来到舞台左侧的大道上，眺望着对面的村子。

阿玲：这下倒好，我们姐妹几个就只剩下我一个了。原先就只剩下这么一个妹妹了，她比我小十二岁呢，真是可怜啊。(双手合十)可怜啊。连山也上不了。哎?上不了山，算是运气好，还是不好呢?(走到飞脚的身边）我上山那天，要是妹妹她还活着，她会为我担心的。现在她先死掉了，也算是我运气好吧?

飞脚：我说，婆婆，你要跟我一起回去吗?去见最后一面，告个别。

阿玲：……

飞脚：一起走吧。啊，跟我一起回去吧？

阿玲：（沉思片刻）我就要上山去了，看到了死去的妹妹脸，掉了眼泪，会被对面村子里的人笑话的。我才不要呢。（阿玲遮住脸，擦拭眼泪。）

飞脚：这个不用担心呀。你是想见最后一面的，是吧？

阿玲：看到了妹妹的脸，我会哭的。不行。我可不想被人笑话。（转向屋子的方向蹲着，哭泣。）

飞脚：不用担心。跟我一起去，去见最后一面吧。

阿玲站起身来，一副不听他说话的样子。

阿玲：袈裟吉，快去叫辰平回来，他就在后山的入口那儿呢。

为了去叫辰平，袈裟吉从堆房后面出去了。

阿玲：我不去了，让我儿子辰平去吧。

飞脚望着阿玲的脸，流泪。

飞脚：你又何必这么看重村里人的看法呢？

辰平脚步声“咚咚”直响，上场。袈裟吉晚一些上场。

辰平：对面村子里的姨妈死掉了？

辰平与飞脚打照面。

飞脚：你就是辰平吗？

辰平：多谢你来报信，辛苦你了。

飞脚：前几天过来说媳妇的，也是我哦。

辰平：妈，你不去跟姨妈告个别吗？

阿玲：你去就行了，我留在家里。后天就要过节了，还有好多事儿要做呢。

辰平：……（陷入沉思。）

阿玲：辰平去就行了。（自言自语地走上前，朝对面村子的方向眺望。）

飞脚：前几天说的那个媳妇，其实，就是我的妹妹哦。

阿玲：是吗?老实说，过后我也琢磨来着，心想您一定是那寡妇家的什么人。果然是她的哥哥呀。

辰平做出门的准备。阿玲将飞脚拉到辰平的身边。

阿玲：辰平，这人就是你媳妇阿玉的哥哥，以后也是你的哥哥啊。

辰平：您辛苦了。

飞脚和辰平来到外面。

辰平：（冲着屋里说）我去了哦。（又冲着飞脚说）我妈其实是想去的，可去不了啊。

飞脚：其实用不着这么看重村里人的看法的嘛。

阿玲目送他们远去，朝着楢山的方向双手合十。

阿玲：楢山神灵，我妹妹昨晚死掉了。这下子，可就剩我一个人了。我上山的时候，会为我哭泣的妹妹死掉了。真难得啊，我运气真好啊。楢山神灵，我上山那天，一定要下雪啊。拜托您了。

遥拜结束后，阿玲发现邻居家的阿又正坐在树墩儿上。阿玲走到阿又的身边去。

阿玲：阿又，我那个住在对面村子里的妹妹昨晚死掉了，真是可怜啊。她连山都没能上，这到底是算运气好，还是不好呢？

阿又：当然算是运气好的了。哪像我呀，活到了这大把年纪也没上山，还死乞白赖地活在世上丢人现眼。比起我来，她当然算是运气好的。

阿玲：对了，阿又。按理说，你去年冬天就应该上山吧？你也是个可怜人啊。连自己都知道活在世上丢人现眼了，还有什么意思呢？与其活着被自己的儿子嫌弃，还不如在他还顾怜你的时候死掉呢。再说了，活得再久，结果还不是一样的吗?你们家的老祖宗不是都上山去了吗?阿又，你知道村里都是怎么说你的吗?说你们家是舍不得请人喝酒，你才不上山的。

阿又：上山这事儿，就饶了我吧。

阿玲：说什么胡话?你说这话会得罪山上的神灵哦，也会得罪已经上了山的老祖宗哦。

阿又：上山这事儿，就饶了我吧。

阿玲：别说胡话了。我呀，明年一满七十岁，就早早地上山去。

阿又：你要去吗?(哭泣)

阿玲：我早就等着上山去了。我这样的人，只会吃饭，不会干活儿，活着也觉得寒碜，所以每年都掐算着上山的日子呢。阿又，难道你真要被人唱着“聋子晃”背上山吗?

阿又不吭声。过了一会儿回去了。

阿玲：（望着阿又的背影）阿又，你今天冬天就上山去吧。

舞台逐渐变暗。

第三场景　树墩儿处的阿玲家

伴随着鼓声和三弦声唱起祭祀歌曲，十分热闹。

楢山祭哟来三次了

栗子树哟也开花了

随着歌声响起，舞台逐渐变亮。孩子们在树墩儿处玩耍着。袈裟吉躺在屋里。阿玲抱着阿丘。祭祀歌曲继续唱着。

盐铺的阿酉运气好啊

上山那天哟下了雪

阿玲：今天是一年一度的祭祀日，大家已经吃饱了白米饭，还不去祭祀场吗？

袈裟吉：吃撑了，动不了。

凡吉：我也吃撑了，动不了。白米饭太好吃了。

阿玲：很白吧。白得晃眼哩。

阿玲抱着阿丘，颇为高兴地走到树墩儿处。凡吉唱歌。

榧树家的阿银是个臭婆娘

阿玲：别唱了，别唱了。被榧树家的人听到可不好啊。这歌不能唱啊。

袈裟吉来到树墩儿处，唱歌：

榧树家的阿银呀是个臭婆娘
包着头巾呀抱着老鼠崽

阿玲：别唱了，别唱了！这歌不能唱！

凡吉：为什么被他们听到不好呢？

阿玲：这首歌是在说榧树家的坏话啊。袈裟吉，我以前不是跟你说过吗？榧树家的阿银这个人，我嫁过来时她还活着呢。不管活了多少岁，她都不上山去，一直活到了八十岁。由于她老不上山去，怕被人看到，就一直待在屋里。偶尔外出的时候，也都是遮着脸。她净带孙子、曾孙了。歌里唱的“老鼠崽”，就是说孙子的儿子。人们说她是个不要脸的臭婆娘。“包着头巾呀抱着老鼠崽”，就是因为怕村里看到，她才用手巾包住脸的呀。

袈裟吉：就是说，成这副模样的？

袈裟吉说着将手巾包在脸上，抱起了阿丘。像是哄孩子睡觉似的摇晃着跳起了舞。

袈裟吉：“包着头巾呀抱着老鼠崽！”

阿玲：别唱了！不许学这种样子！

袈裟吉：还有人唱“包着头巾呀孙子、曾孙、夜叉子”呢。

凡吉：“夜叉子”是什么玩意儿？

袈裟吉：夜叉子就曾孙的儿子。也就是老鼠崽的儿子。

邻居家的两三个孩子经过。阿玲慌张地看着孩子们的脸。

阿玲：还好，还好。没有榧树家的孩子。袈裟吉这歌不要唱来了。唱唱盐铺家阿银的歌不就行了吗?“盐铺的阿酉运气好啊 / 上山那天哟下了雪”，“下雪了”这样的歌，不管听多少遍，也都是好歌啊。那个盐铺里，从前有个叫作阿银的人，她上山的时候，正好遇上下雪啊。她的运气真好啊。要是上山的时候下雪，路就不好走了。盐铺家的阿银，是到了山上才下雪的，所以说她运气好啊。（环视着孩子们）你们听好了，你们唱“下雪呀下雪”的话，说不定就真会下雪的哦。

凡吉：那不就老唱同一首歌了嘛。

阿玲：是的。光听着“下雪下雪”心里就痛快。这样的话，等我上山那天，一定会下雪的。

辰平从外面回来。袈裟吉出去。

辰平：今年的楢山祭祀，比起往年……

阿玲：就连大米也比往年要白一些啊。今年我是最后一次过节了，“白萩花”也白得晃眼啊。我一边舂米一边求告天降白雪。所以说我上山那天，老天爷肯定会下雪的。

辰平：今年过节没往年热闹，所以去了祭祀场，觉得没意思，又回来了。

阿玲：你别这么说。多喝些米酒，开开心心地闹腾一番好了。辰平，你都没怎么喝嘛。不是说“一年一度山祭日 / 拧紧缠头吃白米饭”吗?还说什么“一年一度山祭日 / 酩酊大醉扶不起”的。你倒是放开喝呀，也让我看看你“酩酊大醉扶不起”的样子嘛。因为今年我也是最后一次过节了。

辰平：我说，妈，你也不是非得今年冬天就上山的呀。

阿玲：你说什么傻话?一到七十岁就上山，这是规矩。辰平，你陪我上山也是很辛苦的。不是说“陪伴的人看似轻松不轻松啊 / 肩上沉来背上重”吗?辰平，你可要做好准备哦。我是已经做好准备了。你放心好了。我可不会像阿又那副熊样的。

辰平：可也不见得非要在今年冬天上山啊。

阿玲：你又说傻话了。你说这话是要得罪山神的，就算是说笑话，也不行的。要不你试试看，嘴会歪的。

辰平默不作声地出去了。鼓声。阿玲在灶头点火。阿玉提着信玄袋上场。来回走了几圈后，阿玉在树墩儿上坐了下来。阿玲注意到后，频频看她。

阿玲：（在屋里）我说，您是哪位啊?是来过节的吗?

阿玉：辰平家是这儿吗?

阿玲从屋里出来。

阿玲：你是从对面的村子来的?是叫阿玉吗?

阿玉：是啊。我们那儿也在过节，可大伙儿都说让我来这儿过节吧，所以我今天就过来了。

阿玲：哦哦，是这样啊。快，快!快屋里坐吧。

两人进屋。阿玲拿出饭菜。

阿玲：来，吃吧。我这就去叫辰平回来。

阿玉：（边吃饭边说）大伙儿都说与其在家里吃，不如到这儿来吃得好，所以我今天连早饭也没吃就过来了。

阿玲：吃吧，吃吧，多吃点。不用客气。

阿玉：大伙儿都说婆婆您是个好人，叫我“快去吧”“快去吧”，所以我就提前来了。

阿玲：你要是再早点来就好了。我还以为你昨天就会来呢。

像是突然想起似的，用手遮住了牙齿。

阿玲：你刚才干吗坐在那树墩儿上呢?早点进屋来多好啊。

阿玉：我是一个人来的嘛，有点不知该怎么办才好。哥哥本来说要陪我来的，可他昨晚喝过节的米酒喝醉了，只会说“婆婆是个好人，你快去，你快去”。从昨晚起，他就老说这话。

阿玲：是这样啊。早知道这样，我领你来就是了嘛。

阿玉：啊呀，您要是真来领我可就好了。我会背您回来的。

阿玉噎着了，用手去抚摸后背。阿玲转到阿玉背后，抚摸她的后背。

阿玲：慢慢吃。（停顿一会儿）过了年，我也要上山去了。

阿玉：哦，我哥也说起过这事儿。他还说您不用忙着上山的。

阿玲：那怎么可以呢?早点上山才会得到山神的夸奖嘛。（移动了一下餐桌上的盘子）这些个马哈鱼，都是我抓来的。

阿玉：婆婆，您还会抓马哈鱼?

阿玲：嗯，辰平也好，袈裟吉也好，他们都笨手笨脚的。要说这抓马哈鱼，村里面谁都不如我啊。（停顿一会儿）我知道马哈鱼躲在那儿，可这事儿跟谁也不能说。我打算在上山前将这事儿告诉家里人。本打算告诉袈裟吉的，可这小子嘴不严，一不小心就会说出去的。阿玉，我就教给你吧。到了夜里，只要将手伸进那个洞里，一准儿能抓到马哈鱼。抓的时候，要捋一下它的肚子。这样，它就不动了。这可是秘诀啊，跟谁都不能说。（将装着马哈鱼的盘子放到阿玉的面前）这些个，你全吃了吧。鱼干还有的是啊。

袈裟吉进屋来。

阿玲：喂，袈裟吉，你妈妈从对面的村子里过来了。阿玉，这孩子是长子，叫袈裟吉。

袈裟吉：妈妈?（望着阿玉）我可不要什么妈妈!（抱怨似的）吃饭

的人，一个又一个的，这可怎么是好？

阿玲：你胡说些什么！哪来的什么“一个又一个”？来这儿的，不就阿玉一个吗？

袈裟吉：去年，我妈跌进后山的山谷里死掉了。要娶媳妇，让我来娶不就行了吗？老爸他有必要娶了一个又一个吗？

阿玲：（将筷子扔向袈裟吉，站起身来。）浑蛋！你胡说些什么！从今晚起，不许你吃饭了！

袈裟吉出去。

阿玲：（向阿玉道歉似的）什么“一个又一个”的，净说些胡话。他这浑小子口无遮拦，你多包涵。不过，他虽然说话不中听，人倒也并没有那么坏。

袈裟吉和阿松像一对夫妻似的走过来。

阿玲：哎？你不是池前家的阿松吗？

袈裟吉：奶奶，我要娶阿松为老婆。我不会像老爸那样娶了一个又一个的，你放心好了。

阿玲：浑蛋！你胡说什么！你要娶媳妇了？（大吃一惊。）你在说些什么？你才十六岁啊。老话说“过了三十也不算晚 / 添加一人就翻倍了”，所谓“翻倍”，就是说需要那么多的饭食啊。袈裟吉，你才十六岁哦，到三十岁还有十、十五年呢。你看你在胡说些什么！

袈裟吉：奶奶，有工夫算我的年纪，还是数数你牙齿吧。在祭祀场唱的歌你不知道吧，我来告诉你："树墩儿家阿玲的隐私处 / 长着鬼牙三十三根。"还说什么"添加一人就翻倍了"呢，你一人就吃了三个人的饭了。（朝着阿松）奶奶有三十三颗牙，要吃三个人的饭呢。

阿玲站起身来，从屋里冲了出去。袈裟吉和阿松逃走。阿玲来到树墩儿处。

阿玲：胡说些什么，浑蛋！看你还胡说！

阿玲在檐廊上坐下后，凡吉背着阿丘回来了。阿玲将阿丘抱过来。阿玉一声不吭地把阿丘抱了过去。

阿玲：阿玉，那小浑蛋胡说八道，你别往心里去。其实，他人也没那么坏。你多包涵。

阿玲开始梳头，显得不知所措。像是突然想起似的将梳子递给阿玉看。

阿玲：我上山去后，阿玉，这把梳子就给你用了。这把梳子是我婆婆的遗物啊。我上山去后，就给你用了。

阿玲由檐廊走进屋里。

阿玲：我去叫辰平回来，你慢慢吃。

阿玲从佛龛里拿出打火石。走到树墩儿处，有些手足无措。阿玲站在舞台左侧的道路上，用左手遮住嘴巴，右手拿打火石敲牙齿。随后不知所措地反身进了堆房。（过了一会儿）她按着流血的嘴，踉踉跄跄地走了出来。她在小溪边，用手舀水漱口。站起身来时，衣服前襟敞开了。朝家的方向走了几步，又用手按住嘴巴跨在小溪上，舀水漱口。凡吉过来了。看见阿玲的脸后大叫。

凡吉：奶奶，你嘴里有血！

阿玲：我的牙——牙，掉了。

阿玲走上花道，按着嘴巴，虽然很疼，却很高兴，一直走到幕帘[1]处。

第四场景　树墩儿处的阿玲家

夜晚，檐廊上的门全都关着。舞台左侧传来喊声。喊声变大。是“小偷！小偷！”的喊声。舞台左侧檐廊处的门板倒下，阿玲跌跌撞撞

1 译注：花道出入口挂着的幕布。

地冲了出来。她在檐廊下抄起一根棍子。阿玉也手持棍棒从舞台右侧的门出来。她背着阿丘，与留吉、凡吉一起。

阿玲：阿玉，闹贼了。要赤着脚去。

众多村民在舞台左侧嚷嚷着“小偷、小偷”，并抬着雨屋家的老爷子朝舞台右侧走去。片刻过后，村民们又由舞台右侧走向舞台左侧。仅雨屋家的老爷子一人被放在舞台右侧。袈裟吉、辰平、阿玲从舞台左侧回到家中。他们手里都拿着装有分的食物的口袋。

辰平：（看着舞台右侧）雨屋家的那家伙被绑在了松树上，可他离我家和阿又家最近，我们得看着点他啊。

袈裟吉：没事儿。绑得那么紧，连孩子也能揍死他的。

东造、阿又拿着分的食物从舞台左侧上场。

东造：老爸，你好好看看。看看那棵松树。那家伙偷了人家的豆子被绑在那儿。今夜，他要被打死了。

袈裟吉：（从一旁朝着阿又）说是“老爸你快出来看，枯树又长新芽了 / 不能不去啊背上背架”，现在却不是“老爸你快出来看，枯树又长新芽了”（拍了拍东造的肩膀）而是“老爸你快出来看，看看那棵松树吧”。

辰平：（尽管袈裟吉没有唱歌，只是像抱怨似的说话）袈裟吉，现在可不是唱歌的时候啊。雨屋家有十二个人呢，可吃的东西全被大伙儿拿走了。

袈裟吉：偷了别人家的粮食，自己家的粮食就要被村里人分个干净，还要被打死，这是村里的规矩嘛，有什么办法呢?不是说“哀哀叫的小偷呀，乌龟头吊了起来”吗?(学吊死鬼的模样。)

阿玲：袈裟吉，现在可不是唱歌的时候啊!

东造：雨屋家是有小偷血统的，不斩草除根不行啊。要不然，我们晚上也睡不踏实的。（凑近阿又）好好看看吧，老爸，老也不肯上山，只会浪费粮食的你，跟偷人家豆子，被绑在松树上要被人打死的雨屋家的老爷子，哪个运气更好点?你好好想想吧。

阿又：……

东造：（朝着辰平）雨屋家的人，必须斩草除根。

辰平：斩草除根?他们家可有十二个人呢。

袈裟吉：“哀哀叫的小偷呀，报复心强人一百倍”，这歌里说得没错。挖个大坑，把他们统统活埋了吧。

传来乌鸦的叫声。

阿玲：你听，就因为你说了这话，乌鸦就叫了。

东造：今夜，说不定它们会来。

东造、阿又经由舞台右侧回去。阿玲家的人开始吃饭。阿又回去后，阿松从舞台左侧上场，坐在树墩儿上，被辰平发现了。

辰平：（停下吃饭的筷子）哎?坐那儿的不是阿松吗?

大家全都看着阿松。阿松慢吞吞地走到檐廊处，挪动屁股，坐下。辰平、阿玉、阿玲大吃一惊。阿松只是坐在檐廊上，一动不动。

袈裟吉：阿松，快上来。快点。

阿松坐着，抬起双脚，一点点往上挪。

袈裟吉：让阿松一起吃饭。

辰平他们吃了一惊，看着袈裟吉。阿松一点点地挪过来，坐到了饭桌前。

阿玉：（吃惊地）啊呀，阿松的肚子好大。
辰平：该不是袈裟吉的……
阿玲：（快速地摇着手）什么也别说了。
袈裟吉：没事儿。老鼠崽生下来后，我就扔到后山里去。
阿松：嗯，那就真的说好了哟。

阿玲盛了饭递给阿松。阿松吃饭。大家都不吃饭，看着阿松。

袈裟吉：奶奶，你什么时候上山?

阿玲：过了年，马上就上山。

袈裟吉：早点去的好啊。早点去——

阿玉：晚点去的好啊。晚点去——

凡吉吃完了饭，来到树墩儿处。他抬头望着天空。

凡吉：雪婆婆飞起来了。

阿玲：（站起身来）是吗?雪婆婆飞起了吗?（来到树墩儿处）是啊，看来今年的雪多啊。我上山那天，肯定会下雪。（微笑）

舞台变暗。

第五场景　树墩儿处的阿玲家

老爸你快出来看，枯树又长新芽了
不能不去啊，背上背架

舞台亮起。阿玲和辰平站在树墩儿处。

阿玲：今天晚上我要请上过山的人过来，快去跟大伙儿说一声。

辰平：也不一定非要在今晚嘛。

阿玲：别说傻话了，再过两三天就要过年了。虽说早了一点，可还是要趁着老鼠崽没生下来的时候啊。你快去跟大伙儿说呀！磨磨蹭蹭的，一会儿大伙儿就都上山去了。

辰平：我可不想这样啊。过了年再请也不晚嘛。

阿玲：傻瓜。快去！快去！

辰平：我可不想这样啊。过了年再请也不晚嘛。

阿玲：傻瓜，快去请人来。要不明天我就一个人上山了！

阿玲推搡着辰平。辰平走向舞台左侧的道路。

楢山祭哟来三次了
栗子树哟也开花了

歌声中阿玲回到屋里，脱下棉袄，换上短衣。她的脚足有一尺长。腰间系上了绳子。将腰带和棉袄折叠好后放入衣柜。其间歌声又响起：

不管怎么冷呀
也不让穿着棉袄上山哟

辰平回来了。阿玲取出酒坛子和勺子放在舞台左侧。阿玲和辰平坐在舞台的右侧。舞台稍暗，村民阿照、阿龟、阿石、阿元，身穿粗布的白色丧服，手提白灯笼聚拢过来。他们在屋里左侧坐下，行礼。

阿照：上楢山着实不易。辛苦了。

四人一起行礼。阿照用勺子舀起酒来，大口喝着。行礼。

阿照：上楢山时必须守规矩。其一，上山后不准说话。

阿龟喝酒。行礼。

阿龟：上楢山时必须守规矩。其一，离家时不能让任何人看到。

阿龟喝酒后，默不作声地回去。

阿石：（行礼）上楢山时必须守规矩。其一，从山上回来时，不能回头看。

阿石喝酒后，默不作声地回去。

阿元：（行礼）上山的路是这样的：绕过村子后山的山脚，从下一座山的柊树下走过，绕过这座山的山脚下，爬上第三座山后就能看到池塘了。绕过三个池塘后，爬上第四座山的山顶后，就能看到对面的楢山了。这时，你要从山谷左侧和下一座山的右侧之间往前走。绕过山谷大约有二里半的路程。途中有一条有着七个拐弯的道路，那儿就是‘七谷’。过了‘七谷’，前面就是上楢山的道路了。说是有路，其实也似有若无，你只管在枹栎树林间往上走就是了，楢山的神灵在那上面等着呢。

阿元大口喝酒，然后默不作声地回去。阿照拿着酒坛子站起身来，对辰平招招手，来到树墩儿处。辰平从屋里出来。

阿照：辰平，你要是不乐意，也可以不上楢山的，到‘七谷’就可以回来了。

辰平：……（满脸不解的神情）

阿照：我说这话不能让第三个人听到，也就说说罢了，听不听随你。

阿照拿着酒坛子回去了。辰平将檐廊上的门窗全都关好。过了一会儿，舞台右侧远远地传来孩子般的哭声（其实是阿又的哭声）。哭声逐渐变大，东造背着阿又上场。东造走在花道上。阿玲打开舞台右侧的窗户，探出头来，听着哭声。阿玲关上窗户。阿又从花道上跑来。抓挠阿玲的门。阿玲打开右侧的窗户。阿又蹲着，遮住脸。东造从花道上跑来，望着阿又。

阿玲：辰平，辰平。

辰平出来。

辰平：怎么了？

东造：他咬断了绳子，逃回来了。

辰平：（朝着阿又）真是糊涂啊。

阿玲：阿又被“聋子晃”那样的，确实无趣。“被‘聋子晃’呀摇晃着绳子晃断了呀缘分也断了”，这歌里唱的是晃得厉害，连绳子都晃断了。可要说“咬断了绳子”，那可就比歌里说的更过分了。你还活着，就断了缘分，又算怎么回事儿呢？你这样既得罪了山神也得罪了儿子嘛。

辰平：（朝着东造）今夜就不去了吧。（拉起阿又的手）来，回家去吧。

辰平、东造、阿又朝舞台右侧走去。辰平很快就回来了。

辰平：真是个浑蛋啊，阿又他儿子。

阿玲：真是个浑蛋啊，那个阿又，要遭报应的。

阿玲、辰平进屋，关上门。舞台上安静下来。随后，左侧的门“咣当”一声被打开，阿玲拿着草席和背架出来，站在那儿。右侧的门也“咣当”一声被打开，整理好行装的辰平出来，站在那儿。阿玲和辰平静止不动。

阿玲：辰平，你可得像个男子汉，振作一点啊。

辰平走下檐廊，来到阿玲的身旁。阿玲将背架递给他。辰平将背架背在背上。

阿玲：辰平，可不许流眼泪哦。要振作起来。

阿玲离开檐廊坐到背架上。

阿玲：辰平，振作一点。

辰平踉踉跄跄地走了几步，来到树墩儿处。

阿玲：辰平，振作起来！

辰平走到花道上。

阿玲：辰平，记得上山时的规矩吗？
辰平：上山后不准开口。
阿玲：（点点头）辰平，辛苦你了。真是过意不去，对不住了。

辰平踉踉跄跄地离开了家，走了几步后又退了一步，站定了身躯。

阿玲：辰平，振作一点！

阿玲闭着眼睛。辰平走在花道上往楢山而去。阿玉开门出来，站在树墩儿处凝望着。舞台右侧传来阿又的哭声。阿玉转身藏在屋里朝外偷窥。东造背着五花大绑的阿又出来了。他一边摇晃着一边走在花道上。

第二幕　楢山

大幕拉开。楢山顶上。靠近花道的右侧，有一块突出的岩角。从岩石到舞台右侧，散落着两三具白骨。岩石的后方高耸着，远远地一直连绵至舞台的左侧。辰平背着阿玲，站舞台左侧的高处。他走到岩角的跟前。

辰平：妈，到楢山了。（停顿片刻）哦，不能开口啊。

辰平绕过岩角。阿玲朝前挥手。舞台正面，阿玲动了动手脚。辰平将阿玲放了下来。阿玲呆呆地在草席上坐着。乌鸦大声地叫着。

辰平：是阿又啊！（他仰望着岩角后面的高处。）

在乌鸦的啼叫声中，东造在岩石上露出了上半身。五花大绑着的阿又被拖了上来，也露出上半身。东造在上，俯视着。阿又在下，仰视着。两人都只露出上半身。阿玲和辰平吃惊地站起身来。在净琉璃的三弦伴奏声中，阿又的上半身被东造摇晃着（跳舞似的持续了两三分钟）。弦乐停止，随后又再次响起。（跳舞似的持续两三分钟）东造的头发散开了。其间辰平跪在草席上抖动着身体，不让阿玲看。阿又被丢进了山谷。东造的身影消失了。阿玲站在草席上，双手紧握着放在胸前。辰平推了推她，让她面向后方。辰平踉踉跄跄地迈开步子。阿玲坐着。乌鸦叫着。辰平沿着花道走去。片刻过后，三三两两地飘起了雪花。阿玲呈惊讶貌。乌鸦叫着。阿玲凝视着雪花，用手承接着雪花。（歌声、三弦声响起。）

盐铺的阿西运气好啊
上山那天哟下了雪

雪越下越大。阿玲站起身来，将草席披在肩上，自己直接坐在地上。雪落在她的前胸、膝盖上。阿玲开始低声念佛，念佛声逐渐变大。辰平在梆子声中从花道跑回舞台，身上已落满了雪。辰平来到岩角处踮起了脚。

辰平：妈，下雪了！

净琉璃三弦伴奏急促地响起，阿玲不断地挥手让辰平回去（持续两三分钟）。弦乐停止，随后又急促响起。辰平身体贴着岩角扭动着（持续两三分钟）。弦乐停止，随后又急促响起。阿玲挥手（同前）。（净琉璃三弦伴奏同样的曲调重复五遍。）

辰平：妈，你的运气真好啊！（稍停片刻）上山的日子下雪了！

鼓声、三弦声中歌声响起。辰平坐下。

楢山祭哟来三次了
栗子树哟也开花了

随着歌声旋转舞台，舞台上仅剩下辰平。

第三幕　雪中的阿玲家

与第一幕相同，雪景中的阿玲家。雪停了。人物呈人偶状静止着。与阿又家之间院子站立着手持净琉璃伴奏弦乐器和大鼓、小鼓的

“黑衣”[1]。树墩儿上放着酒坛子，身穿白色丧服的阿照、阿龟、阿石和阿元四人前来迎接辰平回家。檐廊上，凡吉、留吉、阿丘三人像人偶似的坐着。屋里，袈裟吉和阿松两人，像人偶似的站着。

乐器（院子里的净琉璃弦乐器和大鼓、小鼓）急切地响起，四个村民组成四重唱，自迎接辰平到他进屋上香为止。然后朝舞台左边退去。乐器急切地响起，阿松敏捷地活动起来，从衣柜里取出一条黑腰带。她右手拿着腰带“唰”地抛开来。腰带很长，耷拉下来。阿松开始扎腰带。乐器急切地响起，袈裟吉敏捷地活动开来。他来到树墩儿处，喝酒坛子中的酒。他又从衣柜里取出棉袄，抖开来披在肩上，与阿松一起摆出造型。远处传来乐器声，凡吉、留吉做面对面击掌游戏。乐器急切地响起，阿玉从堆房里快速走出，来到辰平的身旁望着楢山叹息。辰平与阿玉并肩站着，摆出一起走向楢山的造型。乐器急切地响起，村民四重唱小组从舞台左侧跑来，将辰平和阿玉在花道上拉回，辰平、阿玉朝着楢山双手合十。（五次响起的乐曲都相同。但与第二幕五次的乐曲不同。）

1 译注：日本歌舞伎中负责照料前台的工作人员，相当于我国京剧舞台上的“捡场的”。因身穿黑衣，故名。

第一届中央公论新人奖获奖感言

深泽七郎

获奖后亲戚朋友们都为我高兴，我看到他们的笑脸后也觉得很高兴。因为我原本是想过一段时间后，再将之前写的东西发表出来的。

我喜欢老人，喜欢跟老人交谈，而以老人为题材而写出的小说，就是《楢山节考》。还有，与我弹吉他时净弹些西班牙的曲子大异其趣，我还喜欢那种流传于民间的歌谣，于是，这些民谣也被我用到了这篇小说里。

我写了小说后怕被人看到，原本是会连稿纸都慌慌张张地藏起来的，这下好了，用不着那么提心吊胆了。这一点也让我觉得很高兴。

在我练习创作的过程中，受到丸尾长显先生长达十几年的指导。可以说，我就是他培养出来的。

我原先以弹吉他为主，只是出于爱好而在空余时间里写写小说，可最近这两三年里，比起弹吉他来，我更喜欢写作了。这当然也挺好，可又有一种喜新厌旧的感觉，真是一言难尽啊。

重访《楢山节考》之舞台

深泽七郎

我有多少年没到这儿来了呢?应该说有几十年没来这儿了吧。由于拙作《楢山节考》取材于“弃姥山传说”，所以人们往往会觉得信州的姨舍山是其舞台[1]，其实那小说所描绘的风土人情和地形地貌都源自山梨县东八代郡镜川村大黑坂。当然了，小说所描写的也不是现在这儿的风俗习惯，而是根据更早时期的风土人情加以想象而成的。因此，《楢山节考》中出现的口语，也即方言，不是信州方言，而是甲州腔。我的出生地是东八代郡的石和村，从地形地貌上来说，跟这儿有很大的不同，我第一次来到这儿，是战后那会儿。当时，我的一个表妹嫁到了这儿，我也就跟着来玩了。由于战争时期有很长一段时间粮食不够吃，所以有人说“嫁到乡下去能吃上白米饭”，确实，我记得我表妹的亲事就是因为这个才定下来的。

现在的人恐怕对此很难想象了吧。可在战争时期，“吃”这件事就是有这样的魅力。我记得我当时来这个村子玩，住了几个晚上，也

1 译注：指小说的地域背景。

是受了“能吃上白米饭”的诱惑。在那几天里，我接触到了村里人的生活，觉得那不是通过教育或经过什么人的指导之后才有的生活方式，而是村里人自己找到的自然而然的生活方式。不是模仿，是自然而然地产生的——我知道，这是一种泥土中生长出来的人的活法。我喜欢有如此活法的村民。其实写小说的人都喜欢小说里的主人公。

即便小说中会出现坏人，作者也肯定是怀着对于“恶”的理解而写的。我之所以喜欢这个村子里的人，是因为我觉得挣扎在生存线上的人，其人情和习俗还残留着原始的风味。

现在，时隔二十五年我又来到了这里。发现以前压着防风石的白铁皮屋顶和茅草屋顶，已经有一半变成瓦屋顶了；而最让我吃惊的是，大黑坂的坡道也变成沥青路面了。从这些变化中，我看出了既新又旧，或者说保留下来、沉淀下来的旧迹。这是一种难以形容的新旧并存的状态。

十四年前，我记得是在当年二月的一个寒冷夜晚，我突然产生了要把在这个村子时产生的想象写出来的冲动。在此之前，我本打算写一本名为《笛吹川》的小说，可在那天夜里动手写的却不是《笛吹川》，而是《楢山节考》。其实，小说中出现的那些“楢山节”的歌词，是在更早的时候就已经完成了的。

那天夜里，我刚开始写，立刻就遇到了阻碍。那就是，虽说我早就写好了楢山节的歌词，但那些都是作为替换歌词而用在小说里的。就是说，没有原歌的歌词，净是些替换歌词。于是我就只得开始创作原歌歌词。

说来也怪，原歌歌词很难写，那个晚上我就全消耗在原歌的创作上了，直到深更半夜，也就写出了一首“楢山祭哟来三次了 / 栗子树哟也开花了”。因为是原歌歌词嘛，必须是十分自然的，仿佛哪儿都会有的那种。

第一稿写了两个多星期，有七十页稿纸，修改后有一百页。由于结尾有两种，我仅将其中的一种重写了一遍，就是说，直到完稿，一共重写了三遍，最后应该是八十八页稿纸吧。因为“八十八”看着像“米”字形，所以我记得很清楚。在那之前，我只是偶尔写写小说。随写随撕，其实是我消磨时光的一种方式。有时候我会觉得有什么想的东西在脑袋里逐渐膨胀，直至充满整个脑袋，而动笔写了之后，脑袋就轻松了。说得不雅一些，我觉得这跟排泄作用有些相似。我还有个毛病，就是在写小说时，是边听披头士乐队[1]的唱片边写的。

由于当时我还在日剧戏院[2]表演吉他演奏，所以《楢山节考》的第二稿还是第三稿，是在日剧戏院的后台修改而成的。剧场的后台，通过有线广播，每个房间都响着从麦克风传来的声音。通过这个，演员可以知道是否要轮到自己上场了，也可以清楚地了解到舞台上的情形。我就是在如此嘈杂不堪的舞台背后，构思、写作、修改我的小说的。我一直置身于音乐之中。不过那会儿就不是披头士了，而是西部

---

1 译注：也称甲壳虫乐队，是英国的摇滚乐队，1960 年组建，1970 年解散。由列侬、麦卡特尼、斯塔尔和哈里森 4 人组成。在摇滚乐界掀起新风，影响了 20 世纪 60 年代以后的流行歌曲。代表作有 *Love Me Do*、*Yesterday*、*Let it be*、*Abbey Road* 等。

2 译注：昭和二十七年（1952）于日本东京有乐町开始营业的剧场。表演有品位的裸体节目和舞蹈，长期受欢迎。于昭和五十九年（1984）关闭。

歌曲[1]、曼波舞曲[2]、比津舞曲[3]了。我待在自己的房间里时也经常弹奏楢山节的曲子。因为，尽管小说尚未完成，可歌词和曲调已经先完成了。我一写小说就觉得脑袋很累，而听听音乐什么的就一点也不累了。还有，我觉得在写哀伤的情节时，作者的内心也会悲哀起来，结果写出来的悲哀会变成较为低级的悲哀。总之，我养成了写作时听音乐，并且是节奏明快的音乐的习惯。

我来到大黑坂后，去看望了一位跟我有些血缘关系的老婆婆。她是前面提到的那个嫁到这儿来的表妹的母亲。我跟她大概有十年没见面了。她已经八十四岁了，走起路来两手都要握着拐杖，不过耳不聋、眼不花，脸色红润，一点也不像个老人。由于她笃信宗教，见到我后就一个劲儿地劝我入教。我说："我是信楢山教的。我就是教主，所以不能入你那个教了。"一口回绝了她。于是我跟这位老婆婆就唇枪舌剑地争论了起来。中途，我甚至觉得"我就是为了吵架才到这儿来的吧"。我的楢山教有个十分简单的信仰——死了不取戒名[4]，也不要供花上香。这户人家的主人叫作金根，他一直默不作声地听我们争吵。看到他这样子，连我自己都感到不好意思了。估计他也被我们的

1 译注：美国西部牛仔爱好的音乐总称。

2 译注：根据黑人和古巴土著人的混合旋律，运用爵士音乐的演奏方法创造的交际舞。流行于 20 世纪 50 年代。

3 译注：起源于西印度群岛法属马提尼克岛的民间舞蹈及其舞曲。

4 译注：根据日本的习俗，人死后会由寺庙为其取名，该名字称作"戒名"，也叫作"法名"。

污言秽语吓着了吧。于是我就动了偷偷地溜走的念头，从大黑坂动身回家去了。

不论何时，不论何地，谁都会对活着这件事感到不可思议，怀有深深的疑惑。也正因为这样，世上出现了各种各样的教，就跟菜场门口摆放着的各种蔬菜似的。而我选择的宗教，应该就是楢山教。我走在大黑坂的沥青坡道上，天上正下着蒙蒙细雨，朝前望去，一片迷蒙，也不知是云还是雾。

解说

小山田浩子

NARAYAMABUSIKOU[1]这一读音，在我还是个孩子的时候就听到过了，但它们到底对应于哪几个汉字，是什么意思，却一直没搞明白。总觉得其中的“YAMABUSI”写成汉字应该是“山伏”[2]。到了十来岁才知道，它们的汉字应写作“楢山節考”，是个取材于“弃姥山传说”的小说的标题。但又觉得这应该是个阴森森的、讲人伦道德的小说，所以根本不想读它。更由于它既不像《心》[3]那样收录进日本教科书，也不像小林秀雄[4]那样出现在历届升学试卷中，所以直到我长大成人，也一直没读。第一次读它，是最近的事。那是因为有人大力推荐，说是“读了肯定有收获”，还硬塞给我一个文库本。那本书的书脊处有点脏，像是棕色的霉斑，让人觉得很邋遢，可我还是读了。不料才读了几行字，就为之心动了。揣着驿动着的心一路读下去，等读到最后面刊载的“楢山节”的乐

1 译注：“楢山节考”的罗马字拼写，表示其在日语中的发音，后文的“汉字”指的是日文汉字写法。

2 译注：隐居于山中修行的僧侣。在日语中“山伏”的读音与“山节”相同。

3 译注：指日本文学家夏目漱石的长篇小说。

4 译注：1902—1983 年，日本文艺评论家。著有《私小说论》《无常之事》《莫扎特》和《本居宣长》等。

谱时，我不禁呆住了。当时读的是新潮文库本，乐谱上的提示语为“弗拉门戈舞曲[1]风格”。虽说我不懂乐谱，不知道它是一种怎样的音乐，但根据我读小说时所想象的“楢山节”，觉得肯定不会是弗拉门戈舞风格。要真是弗拉门戈舞风格的话，那会是什么歌呢？不，说到底，我刚才读的小说，到底是怎么回事呢？首先，它确实是个“弃姥”的故事，但又与想象中的大不一样，与我之前读过的那些小说也略有不同。但我明白，它有着一种异样的魅力。

从那时起直到现在，我读了许多深泽七郎的小说和随笔，但无论是小说还是随笔，每一篇读后我都会发呆。与此同时，我又感觉无与伦比的美妙。也是由于二〇一二年是深泽七郎去世二十五周年，那几年，他的作品不断被重刊，被文库化。其中有许多是之前只能在全集或绝版书籍上才能读到的篇目，真可谓功德无量啊。这次出版的《深泽七郎初期短篇小说集》也是一本很难得的书籍，其中收录了他最早出版的著作——《楢山节考》（并且还刊载了最早发表在杂志上时的，之前很难看到的“楢山节”的曲谱。里面并没有“弗拉门戈舞风格”的提示语……），《东北的神武们》《晃动着的家》，还有其早期作品《白笑》《楢山节考（三幕剧本）》……总而言之，阅读这本书，就能重新体验一下深泽七郎刚出道时给文坛所带来的冲击。

读了这本书后，我也重新思考了一下之前读深泽七郎作品时所感受到的困惑，并觉得问题应该出在他所运用的语言，也即表达书中人物的思

---

1 译注：一种盛行于西班牙南部安达卢西亚地区，起源于吉卜赛人的民族舞蹈音乐。欢快而充满热情。用吉他伴奏。

想、情感的那些语言上。人是运用语言来思考的，也只能运用语言来思考。然而，其实在更深的层面上，还有着语言形成之前的、无意识的，根据大脑应对刺激所做出的反应或本能产生的情感和感觉。如果是炎热、疼痛之类，要想用语言来加以表达，也是十分简单明了的。但除此之外，还有一些较为复杂或极其个人化的东西，是无法将其置换成精准完美的语言的。能够用语言来表达的思想与位于更深层次无法用语言来表达的情感，在有些情况下是相互矛盾的，而在另一些情况下恐怕又是相互对应的。有时候我们觉得一旦在大脑中将情感“置换”成语言后就似乎背叛了自己。这种情况还并不罕见。与此同时，我们又觉得尽管会有些偏差，但要是不将其置换成语言就无法做进一步的思考，于是明知十分勉强，也非要用语言来表达。倘若是个词汇丰富且善于内省的人，其思想自然就会丰富起来，说起话来也会滔滔不绝。倘若是个词汇量少又不善于内省的人，不能说他情感贫乏，仅仅是情感与思考不能有效地相互感应而已。应该说，有些人语言十分丰富，其思考也充满着抒情性，并且还符合逻辑，但其内心深处的情感却极其贫弱。而与之相反的，恐怕也大有人在。

《楢山节考》是以极度贫穷的农村为舞台。那里有个习俗，就是老人活到了一定年龄就要被扔到一座叫作“楢山”的山上去（“上楢山”）。却说有个名叫阿玲的老婆婆，打算在当年冬天“上楢山”，她早早地就酿好了自己上路前要请村里人来喝的米酒，储备下了留给家里人吃的食物，磕掉了原本很结实的牙齿，内心期盼着“上楢山”那天会天降大雪，等待着这一天的到来。阿玲的语言是十分单纯的，无论是嘴上说出来的语言，还是心里想着的语言，都十分单纯，单纯到了可以说贫乏的程度。“儿子是有良心的！”“趁着我还有口气儿，就照看一下吧”，诸如此类。

相信了她这种单纯的话语，就能明了她打心眼里盼望着“上楢山”。而她希望自己“上楢山”那天能天降大雪，也无非希望自己能快点死去而已。我们能隐约从中感觉到她对于死亡的恐惧。但是，作者并不想极尽语言表达之能事来表现这种人物内心的战栗。读者几乎无法洞悉阿玲那纷繁杂乱的内心深处的情感。通常而言，小说作者往往都会搜肠刮肚，绞尽脑汁地用语言来表现人物内心的这种战栗（不仅可以通过出于人物之口的话语，还可以通过对人物所看到的东西的描写，或者控制其行为），但我觉得深泽七郎却完全没有这种意愿。他只在小说中彰显了阿玲期盼着“上楢山”，也即让自己身处于荒野让乌鸦啄食而死那天到来的行为。

《东北的神武们》中也一样。所谓“神武”，是指农村家庭中为了与能继承家业的长子在外貌上有所区别，而不得不将胡子留得老长的那些次子、三子。这些人既不让娶老婆，也不允许独立门户，只能在田里干些农活儿，或赶赶麻雀什么的。村中有个寡妇遵照亡夫的遗嘱，必须每天晚上招一个“神武”来家里过夜。知道了这事后，村里的那些“神武”自然兴奋不已，其中有个叫作利助的更是激动得不行，不仅掰着手指头算哪天能轮到自己，还晚上偷看那寡妇招了其他哪个“神武”。可不知为什么，总也不来招他去。于是利助就陷入了半疯狂的境地，打了自己原本十分宝贝的马，还把家里的田地弄得一团糟。他的话语，也是十分单纯的，不仅没头没脑，而且词汇十分贫乏。譬如说，知道了寡妇要招“神武”到家里去过夜后，他只会重重地点头，说：“这样啊。这样啊。”而得知自己被寡妇排除在外后，也只在心中暗忖：“这样啊。这样啊。”而当村里的一个老婆婆可怜他，提出可以到她家里去过夜时，他也只会重重地点头，说：“这样啊。这样啊。”也不知道他所说的“这样”到底是哪样，反正只见他在小说不断地重复着“这样啊。这样啊。”。就是说，利助内心的情感无法用语言表达出来，只是重重地点头而已。利助的内心究竟是怎样的，我们不得而知，也无从想象，除了跟他一起重重地点头，别无他法。

仿佛跟利助单纯的话语相呼应似的，小说叙述部分的文字初看起来也十分笨拙。当然了，用心阅读后就会发现，这显然是精心安排、巧妙编织的结果。一个个伏笔是那么缜密，射向出场人物的目光是那么冷峻、严酷，这一切都不可能是随随便便就写得出来的。然而，像“山连着山，一眼望不到尽头”这种在教科书中会被批为“拙劣”的《楢山节考》的起首文字，与仿佛不愿多费功夫写下的粗枝大叶的山歌说明，同样的语句多次重复的表达方式，凡此种种，共同营造出了一种粗鄙、野蛮的姿态。或者说这样的文字表达与难以抒发内心情感之人物的朴素语言相辅相成，使小说呈现一种与所谓的文学作品大相径庭的、粗服乱头的面貌，它“呼”的一声靠近读者之后，又“嗖”的一下退了回去，等读者回过神来，往往不知道自己刚才读的是什么，也不知道这样的小说该如何分类、如何命名、如何感悟。我们想要表达小说所带来的感受，却怎么也找不到合适的语言，茫然若失，呆若木鸡。这种无与伦比的阅读体验，或者说是以往所有的阅读体验都将化为虚无的惶恐，正是深泽七郎的怪异之处，也是他的魅力之所在。这种感觉越是想要用语言来表达就偏离得越远，直至思维被完全冻结，而情感却在冰层下面晃晃荡荡。仿佛存在着一个叫人无法站稳的强烈磁场，或者是一个喷发着某种气体的洞穴似的。有什么东西过于浓密了，而另一些什么东西又过于稀薄了，稀薄得令人窒息，沉浸于其间，只觉得心醉神迷，回过神来，仅落下气息奄奄，就连手指尖都在微微发麻。这样的体验到底是什么？毫无疑问，这样的困惑是魅力十足的，同时也是令人恐惧的。

恐怕就连《楢山节考》的评委们面对如此困惑时，也同样茫然若失，不知所措吧。其实他们也是初次接触到深泽七郎的小说（应该说除了作者出道前的老师丸尾长显，都是初次接触）。读一下他们三人的座谈，就会发现他们的话说得都比较含糊。“在另类幽默中逐步展开的黑色奇幻（三岛）”“主人公那种无抵抗之抵抗的人性美（武田）”“读了该作品之后，会不由得大为感慨：啊！原来这才是真正的日本人啊！（伊藤）”，诸如此类，评价很高，并在将该小说的价值归于针对近代人道主义的疑问的同时，却又并不再往前推进了。三岛由纪夫说：“我对于该小说的获奖是毫无异议的，但又觉得看它很不爽（笑声）。”针对该发言，武田泰淳则应声道：“这倒是个非常有趣的见解。”另外，身为评委之一的伊藤整所作的《深泽七郎作品的世界》，文中关于“他那迥异于当今文坛之艺术特质的来源”，做出了如下之分析：“作为创作准备而长期在内心培育文学意象以及与文坛相隔离”“节奏性重复的写作手法”“作为现实主义的赤裸裸的朴实认知法”“塑造民间神话系统内的人物”……对此，我们当然毫无异议，但又觉得这些话并未触及更深层次的、抽象的，仿佛是深泽七郎之磁场一般的东西。读者读了这样的解说，恐怕也是难以理解的。在作者与石坂洋次郎的对谈中，也存在着两人的对话看似投机却又并非环环相扣的现象。“我喜欢烧东西，烧自己写的稿子，更是觉得十分有趣。”“还有，呃，刚才一直没说，其实我是喜欢《万叶集》的。”——让人觉得深泽七郎这些话的背后，似乎还存在一些什么东西。或许面对其本人时，也会像面对其作品那样感受到某种磁场吧（或许更严重一些吧)。深泽七郎自己写的《第一届中央公论新人奖获奖感言》也很有趣，那种既认真又不经意的笔法，多少也有点居高临下的姿态，说来有些可怕，叫人不寒而栗。

深泽七郎是在一九八七年去世的。自他出名到去世的三十年间，他所发表的作品、因作品而引发的事件[1]、"Love Me 农场[2]"中今川烧[3]店[4]，凡此种种，都是那么独特，间或还极具冲击性。然而，且不论是好是坏，都不由得人不加以关注。作为历史事实，也同样为现在的读者所了解。这或许是他初登文坛之时就已经散发出强大的磁场的缘故吧。倘若命运出了什么差错，让我与他身处同一时代(准确地说，我的年龄中有三年多一点是与他的年表相重合的)——想象一下，倘若我与他在什么地方擦肩而过；倘若我亲耳听到他的说话声；倘若我还与他四目相对……恐怕我会浑身麻木，张口结舌，并且会有一段日子写不出任何东西的。从这个意义上说，如今他已不在人世了，而我在他的磁力已被封入书中的时代里，翻开这个文库本，得到了为之写解说这个十分难得而又不无困惑的机缘，我或许应该首先让(这个不知天高地厚地接受了为《深泽七郎初期短篇小说集》文库本写解说的)我自己感到心安理得吧。因为，不管有多么可怕，翻开书页阅读也都是一种无与伦比的愉快体验。

---

1 译注：指 1960 年 11 月深泽七郎在《中央公论》上发表的小说《风流梦潭》得罪了右翼势力，右翼少年制造了袭击该书出版社中央公论社社长岛中鹏二的家，导致二人死伤的事件。之后深泽七郎就去关西、北海道等地流浪，一时中断了写作。

2 译注：深泽七郎最后定居处，位于日本埼玉县北部的菖蒲町。他在此地过着自给自足的生活。

3 译注：一种豆沙馅的翻模点心。因起源于江户（今东京）的神田今川桥附近而得名。

4 译注：店名为"梦屋"。深泽七郎现场烤制，但仅仅维持了一年，就因原料涨价等因素而倒闭了。